中华诗词丛稿

山居诗语

关荷馨 著

师之题

中国书籍出版社
CHINA BOOK PRESS

图书在版编目（CIP）数据

山居诗语 / 关荷馨著. -- 北京：中国书籍出版社，2023.7

ISBN 978-7-5068-9442-5

Ⅰ.①山… Ⅱ.①关… Ⅲ.①诗集—中国—当代 Ⅳ.①I227

中国国家版本馆CIP数据核字(2023)第112666号

山居诗语

关荷馨　著

书坊策划	师　之
责任编辑	盛　洁
责任印制	孙马飞　马　芝
封面设计	东方美迪
出版发行	中国书籍出版社
地　　址	北京市丰台区三路居路97号（邮编：100073）
电　　话	(010) 52257143（总编室）　(010) 52257140（发行部）
电子邮箱	eo@chinabp.com.cn
经　　销	全国新华书店
印　　刷	三河市富华印刷包装有限公司
开　　本	880毫米×1230毫米　1/32
字　　数	162千字
印　　张	8.125
版　　次	2023年7月第1版　2023年7月第1次印刷
书　　号	ISBN 978-7-5068-9442-5
定　　价	50.00元

版权所有　翻印必究

出版缘起

中国是一个诗歌的国度，诗歌伴随了中国几千年的文明史，承载着中国人内心深处的情感与支撑个体的精神力量。很多文人雅士喜欢用诗歌来描绘山居生活的惬意和悠闲，表达安贫乐道、洁身自好的高雅志趣和不与世事沉浮的独立人格。

山居诗是在魏晋玄学思想的基础上产生，魏晋士人游山玩水，不仅仅是因为山水之美使得他们喜而忘归，更重要的是他们在山水中可以感悟到人生的真谛，从而掌握人生的精神支柱。中国古代士人受儒家和道家思想影响最为深入，他们在官场得意时主张儒家之道，失意后主张道家学说，通过亲近清净的山水可以体悟老庄之道。

陶渊明是东晋时期开创性的山水田园诗人，其恬淡闲适的诗风为后代文人所效仿，在山水画中以陶渊明诗文为题材的画作不胜枚举，如各种桃源图等，画家通过此类作品表达对桃源仙境的理想和追求。唐代王维的诗人身份，为他诗画同源的观点提供必要的文化奠基。被奉为"水墨画之祖"的王维，无论是诗还是画，都有耐人寻味的禅意之美，令人迷醉。其《雪溪图》画法简单，但给人以平远清疏、冷逸空灵的意境，展现出恬淡静谧的气息，禅意十足。

诗中有画，画中有诗。诗是无形画，画是有形诗。画家以诗入画，诗人为画题诗，诗歌与绘画相互贯通，共同发展和繁荣，这是值得每个中国人引以为傲的极具中国特色的文化艺术传统。"气霁地表，云敛天末。洞庭始波，木叶微脱。"出自谢庄的《月赋》；"春草碧色，春水渌波。送君南浦，伤如之何。"出自江淹的《别赋》；"四更山吐月，残夜水明楼。"出自杜甫的《月》；"海风吹不断，江月照还空。"出自李白的《望庐山瀑布水二首》。以上诗句均曾作为北宋画院的考题，这体现了宋代对于院体画诗意表达的重视和追求。在山水画最盛的明代，仅《明画录》就载有四百多位山水画家。他们注重诗、书、画的有机结合，使得文人画这一优良传统更臻完美。平沙落雁、远浦归帆、江天暮雪、洞庭秋月、潇湘夜雨、烟寺晚钟、渔村落照等景象无不透出一种浪漫悠闲的诗意气息，文人们通过绘画表达对山居生活的向往，在画中注入山水诗文的灵性，为文人画注入新的独特的审美元素，山居诗也因山水画的发展而日益多元和丰富。

山居诗的发展对中国哲学也产生了深远的影响。山居诗在漫长的历史中继承、创新与发展，逐渐融入了仙学气息、隐逸情怀和佛道思想，诗人通过禅诗和玄言诗来描写清幽玄远的意境并阐释甚深微妙的哲理。禅宗六祖慧能大师的开悟诗"菩提本无树，明镜亦非台。本来无一物，何处惹尘埃"被世人传颂千年并启发无数人对于"明心见性"的思考和探索，道家祖师白玉蟾的"白云黄鹤道人家，一琴一剑一杯茶。羽衣常带烟霞色，不染人间桃李花"淋漓尽致地描绘出道人生活的潇洒自在，引发无数人对"道法自然"的向往和追寻。禅理入诗，以诗言道，山居诗作为一种独特的写作传统，逐渐充满禅意与仙风，诗以载道的功能凸显，成为中国哲学史上一个特殊的文化现象。

笔者在北京生活了近三十年，每天面对的是鳞次栉比的写字楼、喧嚣的人群和车流，内心更加向往和渴望山林生活。笔者业余时间喜欢游历山水、寻师访友并用诗词表达所思所感。《山居诗语》共收纳了笔者近年来创作的山居诗词400余篇，这些诗词均刊发在国内各诗刊平台，诗里有松月花云、高士知己、桃源洞天，还有观雨、抚琴、采药、品茶、听云、问道等诸多雅事，展现了山水中人逍遥自在、怡然自得的状态以及通透自然、无所谓名利、独与精神而往来的高尚志趣。笔者因经常游历山川而结识很多奇人高士，笔者有幸近距离接触他们并与他们展开深度对话，对他们的生活状态进行深入细致的观察，现以山水游记的形式整理出来并附在山居诗集之后，与各位读者分享。

本书能够出版，首先要感谢我的父母多年来对我无私的关爱、鼓励、支持和付出，还要感谢一直关心我的亲友、同学和师长对我的帮助和支持。山居生活没有清苦，没有寂寞，只有诗意与闲适。跟着《山居诗语》去旅行吧！笔者衷心希望，这本书能够带您走进世外桃源！

关荷馨

2023年7月于北京

远方诗意寄山居

《山居诗语》序

师 之

我国诗词文学与书画艺术,承传优秀民族精神,乃文化自信之重要源泉。山居诗系山水诗之特品,多不限于一般地模山范水、写景状物,而更在于表达诗人道心禅意之悠远意境,是中国美学和哲学精神的感性呈现,系数千年中华民族的独特精神追求。历代山居诗数以万计,是我国诗歌遗产之重要内容,许多优秀的山居诗至今仍见巨大魅力。山居诗多描写佛寺和道观的山居生活以及幽深玄妙、洁净无尘、超凡脱俗的山林风光胜景,多表现空灵、静寂、圣洁的禅意和道心,给人以空寂澄明、淡泊宁静之陶冶。

山居诗可有广狭二义。广义者可泛指众多游山或题画的山水诗,狭义者仅限于居山僧侣与道士作品。从广义来看,谢灵运无疑就是山居诗的鼻祖,其大量山水诗作就是山居诗,更有其《山居赋》可为佐证。魏晋及之后的玄言诗、游仙诗、兰亭诗、赠答诗等,多可归入山居诗类。

诗歌繁荣之唐代,道、禅与诗歌水乳交融。道友禅僧,常以诗偈开悟、示法或沟通问答。热衷于参禅悟道的诗人甚夥且成就甚高,如王维、杜甫、李白等。王维更是以"诗佛"著称,被时人誉为"当代诗匠，又精禅理"。王维的山居诗以其独特的艺术风格而成就非凡，饮誉当世，名传后代。大量以"山居"为题材内容的作品，也散见于灯录、语录、僧传、僧诗总集等各种佛教典籍中，乃至有专门的《高僧山居诗》刊刻印行。

李翱是韩愈学生，一位对佛学深有造诣的著名诗人。他曾向高僧药山惟俨问禅而赋诗，最有名的莫如《赠药山高僧惟俨二首》其一：

炼得身形似鹤形，千株松下两函经。

我来问道无余话，云在青天水在瓶。

一位得道高僧的典型形象由此付型，传神之至，流传甚广。

晚唐僧人贯休以诗书画三绝闻名遐迩。唐末社会动荡，贯休避世山居，诗情闲逸。如《山居》：

休话喧哗事事难，山翁只合住深山。

数声清磬是非外，一个闲人天地间。

绿圌空阶云冉冉，异禽灵草水潺潺。

无人与向群儒说，岩桂枝高亦好扳。

写尽山居闲适，幽林高致。

在宋代，文人崇道，诗人与道士交往频繁，诗歌与道教关系紧密。"玄言词"或"游仙词"为主的山居诗，成为道家思想之重要载体，道教文化之精彩华章。许多诗人以道入诗、以诗明道，为山居诗添彩增姿。诗词之飘逸空灵，正宜表现道家超然物外的神仙气质。道家山居诗以丰富想象、华丽辞藻描写道教洞天福地、神府仙界、传奇故事或修仙者的灵异感悟等，奥妙幽玄，引人入胜。宋代白玉蟾祖师写过大量的山居诗词，其作品多描写烟霞风雨及所隐含的老庄之道，被人誉之"清空缥缈""雄博瑰奇"，在道家文学史上影响深远。

元代名僧石屋清珙、中峰明本之诗，颇见优美文学境界，更有字外天籁之音。石屋清珙（1272—1352年），以山居诗知名。其居湖州四十多年，诗中景物多系其日常生活的呈现，如《山居》：

柴门虽设未尝关，闲看幽禽自往还。
尺璧易求千丈石，黄金难买一生闲。
雪消晓嶂闻寒瀑，叶落秋林见远山。
古柏烟消清昼永，是非不到白云间。

不加雕饰，一派自然。

中峰明本（1263—1323年），佛法造诣高深，法脉传之日本。其文学成就亦著，有"四居诗"四十首行世，分别为山居十首、水居十首、廛居十首、船居十首。如咏山居则曰"印破虚空千丈月，洗清天地一林霜"；水居则曰"风休独露大圆镜，雪霁全彰净法身"；廛居则曰"月印前街连后巷，茶呼东舍与西邻。客来不用论宾主，篆缕横斜满屋春"；船居则曰"转柁触翻千丈雪，放篙撑破一壶冰。从教缆在枯椿上，恣与虚空打葛藤"。系远离尘世、超凡脱俗生活的真实记录。

山居诗对中国美术发展颇具贡献。自古画作摹写美景，最美风景多在山中；又天下名山僧占多，佛寺道观更增添名山胜景。而自唐代王维践行"诗中有画，画中有诗"的特色以来，中国传统绘画便确立诗画相亲关系。北宋诗人苏轼曾说："诗画本一律，天工与清新。"乃言诗画创作规律相同，均要巧夺天工，富有清新自然之意境。在宋元时期，中国山水画上出现了许多题画诗，中国的诗和画之间也因此有了更深的联结。题画诗使诗与画相得益彰，获致诗情与画意之升华。挥毫于画上题诗，既要画美，还要诗妙，更要字好，三者俱佳可谓"诗书画三绝"，从而创造出景象、语言、意境三美交融的美学境界，题画诗在世界美术史上开创了无与伦比的文学与艺术结合之特例。

题画诗至元代蔚为大观。著名书法家、画家、诗人赵孟頫，是"诗书画三绝"集大成的第一人物。在绘画上，他开创元代新画风，被称为"元人冠冕"；赵孟頫亦善篆、隶、真、行、草书，尤以楷、行书著称，与欧阳询、颜真卿、柳公权并称"楷书四大家"。他在四十多岁创作的《鹊华秋色》与《水村图》，可谓"文人画"典范。画面以疏秀萧散笔法，像写字一样留下枯润浓淡、变化丰富的线条墨迹。赵孟頫还常在画上题诗，最典型是其《秀石疏林图》，画卷左侧自题七绝："石如飞白木如籀，写竹还于八法通。若也有人能会此，方知书画本来同。"清楚昭告了新文人美学以书法主导绘画的中华翰墨精神实质。

中国山水画发展到明清以后，画家亲笔题画诗愈益增多。如清代郑板桥《竹石》画题诗脍炙人口："咬定青山不放松，立根原在破岩中。千磨万击还坚劲，任尔东西南北风。"该诗描摹画面景物，人格画中翠竹，抒发豪迈意志。近代题画诗仍是画家必修功课，像任伯年、吴昌硕、溥儒、黄宾虹、林散之、启功都能做到言近而旨远，为诗画高手。

《山居诗语》作者既酷嗜诗词，也爱好美术，日常琴书为伴，多年注力山居诗研究和创作，对山水画及题画诗亦有独到见解和研究。此书共收作者近年所作山居诗词400余首，格律严谨、文字优美、意境幽远、清逸出尘，尤诗中有画，读之令人心清意静、怡然自得，仿佛身处山水之间。诗词标题的设计也独具匠心、充满画意，《春山晓翠》《溪山烟树》《策杖寻幽》《携琴访友》《竹林观瀑》《松鹤同春》《潇湘云水》《雁落平沙》《洞庭秋居》《松窗读易》《秋山萧寺》《寒江独钓》《煮雪烹茶》等，均是山水画创作的常见题目，充满唯美出尘、浪漫空灵气息，具有独特的美学内涵和风雅的文人情怀，形成了独树一帜的风格特征。年轻的诗人就职京城、身居闹市而向往山林、专美山居，写山居诗，书中以隐居为题材的作品很多，比如《苍山幽隐》：

浮云散去一身轻，幽隐苍山免送迎。

洱海无波尘事远，只邀明月共吹笙。

另外，书中多处出现关于抚琴的题材，比如《书斋抚琴》：

独坐书斋抚玉琴，风清竹密落花深。

高山流水寻真意，欣解先贤寂寞心。

大多数作品均表现了作者逍遥自在的心境和对隐居山林的渴望，独特的审美选择和专注心力，可贵的尝试获得初步的成果，希望诗人进一步汲古润今、守正创新，创作出更多好作品。

作为中国诗歌的独立分支,山居诗在漫长的历史中传承发展,形成颇具民族特色的艺术形式,并显独特持久的艺术生命力。学习、研究和创作山居诗的意义并不局限于对山居诗自身风格和语言的探索,更可为提升中华民族文化自信与推动中国诗歌的当代发展贡献智慧和力量。《山居诗语》对山居诗爱好者和山水画爱好者均可提供借鉴和参考,有助于读者从文学、美学以及哲学角度了解山居诗的写作特色,推动山居诗的传承、创新与发展。

序言作者赵安民(师之)系中国书籍出版社副总编辑。兼任中华诗词学会常务理事,北京诗词学会副会长,《中华辞赋》编委,中国新闻出版研究院书画社社长。

目　录

出版缘起 ·· 1

远方诗意寄山居

《山居诗语》序 ·· 1

第一部分　山居诗集 ·· 1

七绝·山居梦 ·· 3

七绝·山中春日 ·· 3

五绝·暮春 ·· 3

七绝·花思 ·· 3

五绝·春山 ·· 4

五绝·归山 ·· 4

七绝·花居 ·· 4

七绝·山居 ·· 4

七绝·花忆 ·· 5

五绝·秋山 ·· 5

五绝·秋思 ·· 5

七绝·元日雪夜访友 ·· 5

四绝·壬寅年五一假日感怀 ···································· 6

四绝·庐中 ·· 6

篇目	页码
五绝·庐中居	6
七绝·庐中隐	7
五绝·庐中吟	7
五绝·花境	7
七绝·清和节山中遇故人	7
七绝·壬寅立夏感怀	8
七绝·立夏	8
七绝·忆净慧长老	8
七绝·浴佛节感怀	9
七绝·花梦	9
七绝·桃源居	10
七绝·春山仙境	10
七绝·花夕	10
七绝·煮雪烹茶	10
七绝·山中道人	11
七绝·竹庐听雪	11
七绝·花归	11
七绝·上元节	11
七绝·山中问道	12
七绝·道院春日	12
五绝·禅院钟声	12
七绝·寒山僧踪	12
五绝·花情	13

目 录

五绝·花话 ……………………………………13

七律·芒种雅集抒怀 …………………………13

七绝·西藏行旅 ………………………………13

七绝·忆故人 …………………………………14

五绝·策杖寻幽 ………………………………14

五绝·竹林观瀑 ………………………………14

七绝·武夷山小居 ……………………………14

七绝·达摩大师赞 ……………………………15

七绝·慧能大师赞 ……………………………15

七绝·花幻 ……………………………………15

五绝·归来 ……………………………………15

五绝·抚琴 ……………………………………16

五绝·采药 ……………………………………16

五绝·观雨 ……………………………………16

七律·竹庐山房 ………………………………16

西江月·山水间 ………………………………17

西江月·兰香涧 ………………………………17

西江月·大理山居幽赏 ………………………17

五绝·空山道人 ………………………………18

五律·普陀山居 ………………………………18

五律·归去来兮 ………………………………18

五律·林泉高致 ………………………………19

七绝·普陀巡礼 ………………………………19

七绝·问道崂山	19
五律·秋山古寺	20
七律·深山策杖	20
七绝·溪山访友	20
七律·秋山幽赏	21
七绝·桂林幽居	21
玉楼春·山居	21
玉楼春·归去	22
玉楼春·羁客行旅	22
七律·鸡足山小居	22
五绝·秋山	23
五绝·幽谷流泉	23
五绝·冬日山居	23
五绝·孤峰独坐	23
五绝·空山春色	24
五绝·栖隐	24
七绝·空山秋色	24
七绝·云上高卧	24
七绝·春日幽居	25
喜迁莺·水云间	25
喜迁莺·松风花月	25
喜迁莺·崆峒山问道	26
五律·空山幽林	26

五律·春山新雨 …………………………………26
五律·秋山幽居 …………………………………27
五律·林溪高隐 …………………………………27
七绝·小暑抒怀 …………………………………27
七绝·松下抚琴 …………………………………28
七绝·临渊听松 …………………………………28
五绝·溪山烟树 …………………………………28
七绝·桃花溪 ……………………………………28
七绝·幽人观瀑 …………………………………29
七绝·夏日幽怀 …………………………………29
七绝·苍山春去 …………………………………29
七绝·渔歌唱晚 …………………………………29
七绝·溪上茅屋 …………………………………30
七律·闲居空谷 …………………………………30
更漏子·山居 ……………………………………30
更漏子·幽隐 ……………………………………31
更漏子·离尘 ……………………………………31
七律·苍山幽居 …………………………………31
五绝·幽林访友 …………………………………32
五绝·烟水孤蓬 …………………………………32
七绝·幽林烟树 …………………………………32
七绝·古寺烟云 …………………………………32
七绝·秋寺寻幽 …………………………………33

五律·空谷幽居 ……………………33
七绝·桃花院 ………………………33
鹊桥仙·归去 ………………………34
鹊桥仙·悟玄 ………………………34
鹊桥仙·道情 ………………………34
七绝·孤舟柳岸 ……………………35
七绝·空亭独坐 ……………………35
七绝·送君归 ………………………35
七绝·松间隐者 ……………………35
七绝·绝壁幽寺 ……………………36
五律·山中秋色 ……………………36
七绝·荷田秋色 ……………………36
七绝·秋日幽居 ……………………37
七绝·绝壁孤松 ……………………37
七绝·仲秋吟 ………………………37
七律·白露抒怀 ……………………37
七律·冬日山居 ……………………38
七绝·游凤凰山 ……………………38
七绝·秋日抒怀 ……………………38
七绝·雁落平沙 ……………………39
七律·乡野秋居 ……………………39
苏幕遮·悟禅 ………………………39
苏幕遮·归隐 ………………………40

目 录

苏幕遮·归一 ·················40
七绝·桃园居 ·················40
七绝·月照花溪 ···············41
七绝·独坐秋山 ···············41
七绝·幽人独钓 ···············41
五律·明德求真 ···············41
五绝·晚春 ···················42
五绝·洞天幽居 ···············42
金错刀·林泉 ·················42
金错刀·逍遥 ·················43
金错刀·崂山幽居 ·············43
五绝·寻幽 ···················43
五律·道院幽居 ···············44
五绝·空山秋月 ···············44
五律·南山古寺 ···············44
七律·山居秋颂 ···············45
七律·峨眉秋居 ···············45
七律·终南幽居 ···············45
七绝·兰香院 ·················46
七绝·幽谷观瀑 ···············46
七绝·秋夕 ···················46
七绝·秋江暮色 ···············46
七绝·日照千山 ···············47

七绝·草堂秋居	47
七绝·独居幽谷	47
七绝·春山晓翠	47
七绝·秋山幽隐	48
七绝·孤舟野渡	48
七绝·野渡秋江	48
七律·武当秋居	48
七律·三清山幽居	49
五绝·灵山秀色	49
五绝·秋江雨后	49
五绝·空谷吟	50
五绝·云水吟	50
五绝·落花吟	50
醉花阴·忘机	50
行香子·仲秋吟	51
沁园春·梦蝶	51
洞仙歌·道情	52
五律·悟道	52
五律·秋山栖隐	52
五律·山居雅趣	53
五律·洞庭秋居	53
七绝·古寺晚秋	53
无愁可解·修真	54

风入松·栖隐崆峒	54
七绝·峨眉春色	54
满庭芳·虚无	55
水调歌头·春山烟雨	55
七律·九华山幽居	56
永遇乐·离尘	56
永遇乐·逍遥	57
七律·空山秋日	57
一丛花·归元	57
一丛花·守一	58
五绝·踏春	58
五绝·雨后	58
七绝·抚琴	59
一剪梅·乐道	59
五绝·独行	59
五律·幽境	60
五绝·听琴	60
一剪梅·逍遥	60
五律·禅境	61
七律·道情	61
七律·修真	61
七绝·赠韩一甯老师	62
七绝·赠琴仙	62

七绝·琴道	62
七绝·琴情	62
凤凰阁·水云间	63
凤凰阁·携琴访友	63
五绝·庭院幽情	63
五绝·春水月光	64
五绝·瑶琴清音	64
五绝·空谷禅心	64
七绝·月印千江	64
七绝·春日独行	65
七绝·故人来访	65
七绝·高卧林泉	65
七绝·花落清溪	65
五绝·无尘	66
五绝·山中访友	66
七绝·山房	66
山花子·无忧	66
山花子·清欢	67
五绝·水月	67
七绝·山居	67
五绝·空山	68
七绝·空山妙趣	68
五绝·清静	68

霜天晓角·兰香院 …………………………68

霜天晓角·花间住 …………………………69

七绝·潇湘云水 ……………………………69

七绝·竹林深处 ……………………………69

五绝·心清 …………………………………69

五绝·空寂 …………………………………70

五绝·春和景明 ……………………………70

七绝·空谷抚琴 ……………………………70

七绝·观瀑听风 ……………………………70

七绝·云山雅意 ……………………………71

七绝·携琴访友 ……………………………71

七绝·秋夜抚琴 ……………………………71

七绝·独坐松林 ……………………………71

两同心·机心忘 ……………………………72

两同心·逍遥客 ……………………………72

七绝·幽隐苍山 ……………………………72

七绝·松风皓月 ……………………………73

七绝·秋山萧寺 ……………………………73

七绝·林下优游 ……………………………73

七绝·溪山烟树 ……………………………73

七绝·天晴雨霁 ……………………………74

七绝·苍崖古寺 ……………………………74

七绝·武当夏日 ……………………………74

虞美人·桃源胜境 …………………74

虞美人·武当问道 …………………75

七绝·庐中日月 ……………………75

七绝·庐中闲居 ……………………75

五绝·雪夜读经 ……………………76

五绝·秋山 …………………………76

七绝·独坐庐中 ……………………76

七绝·雨洗空山 ……………………76

七绝·雨后松风 ……………………77

七绝·庐中默坐 ……………………77

七绝·空谷荒亭 ……………………77

七绝·雪满空山 ……………………77

七绝·归元 …………………………78

朝中措·清虚 ………………………78

朝中措·优游 ………………………78

五绝·落雪听禅 ……………………79

五绝·灵隐钟声 ……………………79

五绝·松窗读易 ……………………79

七绝·寒山雪霁 ……………………79

七绝·息心 …………………………80

七绝·幽居 …………………………80

七绝·山中岁月 ……………………80

七绝·围炉煮雪 ……………………80

七绝·寻春 ………………………………… 81
望仙门·林泉高卧 ……………………… 81
望仙门·觅幽玄 ………………………… 81
七绝·归隐南山 ………………………… 82
七绝·雨过茶园 ………………………… 82
五绝·禅院晚钟 ………………………… 82
五绝·空谷仙翁 ………………………… 82
七绝·桃花落 …………………………… 83
七绝·空山萧寺 ………………………… 83
七绝·幽谷秋色 ………………………… 83
五绝·雁过寒潭 ………………………… 83
七绝·林泉高卧 ………………………… 84
七绝·古寺寻幽 ………………………… 84
七绝·庭院幽居 ………………………… 84
七绝·青山隐居 ………………………… 84
七绝·幽壑听泉 ………………………… 85
卜算子·围炉煮茶 ……………………… 85
卜算子·逍遥 …………………………… 85
七绝·空山古寺 ………………………… 85
七绝·围炉煮茶 ………………………… 86
七绝·林泉卧游 ………………………… 86
七绝·春日幽赏 ………………………… 86
七绝·太古清音 ………………………… 86

五绝·秋日闲居 ……………………………87

五绝·山中听雨 ……………………………87

七绝·踏雪寻梅 ……………………………87

五绝·太古春 ………………………………87

五绝·清虚 …………………………………88

临江仙·松间石上 …………………………88

临江仙·晚春暮雨 …………………………88

七绝·溪桥策杖 ……………………………89

七绝·松下听风 ……………………………89

七绝·仙音雅意 ……………………………89

五绝·雪落梅林 ……………………………89

五绝·空山琴韵 ……………………………90

五绝·悟玄 …………………………………90

七绝·空谷松风 ……………………………90

五绝·孤舟自渡 ……………………………90

七绝·春日山居 ……………………………91

七绝·桃源胜境 ……………………………91

七绝·溪山烟雨 ……………………………91

五绝·独坐松云 ……………………………91

七绝·栖隐空山 ……………………………92

七绝·道情 …………………………………92

七绝·溪山秋色 ……………………………92

七绝·优游林下 ……………………………92

七绝·山林客 ·················93

七绝·山居吟 ·················93

五绝·山中春晓 ···············93

五绝·山中雨后 ···············93

七绝·闲坐竹亭 ···············94

七绝·松鹤同春 ···············94

七绝·崂山渔隐 ···············94

七绝·云山墨戏 ···············94

七绝·寒江鸥鹭 ···············95

七绝·山静日长 ···············95

七绝·普陀春色 ···············95

七绝·寒江独钓 ···············95

七绝·苍山幽赏 ···············96

七绝·溪山雨霁 ···············96

七绝·山中春事 ···············96

七绝·水月空花 ···············96

五绝·濯足清溪 ···············97

庆春时·觅清欢 ···············97

庆春时·绝尘 ·················97

七绝·花落水流 ···············98

七绝·武当草堂 ···············98

七绝·月落花溪 ···············98

七绝·山林客 ·················98

山居诗语

七绝·崂山栖隐 …… 99

七绝·潇湘水云 …… 99

五绝·秋山读易 …… 99

五绝·山居幽赏 …… 99

七绝·观瀑抚琴 …… 100

七绝·直上青云 …… 100

七绝·空谷清音 …… 100

七绝·春山古寺 …… 100

七绝·秋山听雨 …… 101

七绝·禅茶一味 …… 101

五绝·春山寻隐 …… 101

五绝·春山行吟 …… 101

七绝·春山忘机 …… 102

七绝·万壑松风 …… 102

七绝·求真 …… 102

七绝·独坐竹亭 …… 102

留春令·栖隐 …… 103

留春令·离幻 …… 103

七绝·终南栖隐 …… 103

七绝·苍山茅屋 …… 104

五绝·春山寻隐 …… 104

七绝·春云叠嶂 …… 104

七绝·草亭抚琴 …… 104

七绝·花溪箫声	105
七绝·书斋墨戏	105
七绝·书斋清赏	105
七绝·书斋抚琴	105
七绝·春山幽赏	106
望江东·溪山幽赏	106
望江东·秋山幽赏	106
七绝·太湖幽隐	107
七绝·空山幽隐	107
五绝·风雷引	107
七绝·采药	107
七绝·春日吟	108
七绝·苍山幽隐	108
点绛唇·栖隐苍山	108
点绛唇·桃花院	108
五绝·丹东江桥	109
七绝·武当幽居	109
七绝·东篱赏菊	109
七绝·道人舞剑	109
楼上曲·终南山居	110
楼上曲·逍遥	110
五绝·归来	110
五绝·春山闲居	111

七绝·夏日幽居 …………………………… 111
七绝·青城山居 …………………………… 111
七绝·山林诗情 …………………………… 111
七绝·琴上听泉 …………………………… 112
七绝·仙人抚琴 …………………………… 112
七绝·归元 ………………………………… 112
七绝·春日吟 ……………………………… 112
七绝·武当山居 …………………………… 113
更漏子·闲情 ……………………………… 113
更漏子·道情 ……………………………… 113
忆少年·逍遥 ……………………………… 114
忆少年·繁花 ……………………………… 114
七绝·峨眉山居 …………………………… 114
七绝·水云居 ……………………………… 115
七绝·溪山雨霁 …………………………… 115
五绝·山居 ………………………………… 115
七绝·笔底烟云 …………………………… 115
七绝·采药 ………………………………… 116
锦帐春·忘机 ……………………………… 116
锦帐春·无忧 ……………………………… 116
七绝·春日山居 …………………………… 117
七绝·崂山幽居 …………………………… 117
七绝·空山默坐 …………………………… 117

五绝·晚春暮雨	117
七绝·崂山幽隐	118
七绝·松花酿酒	118
五绝·寒山月夜	118
七绝·山中春色	118
燕归梁·天真	119
燕归梁·闲情	119
七绝·四时春	119
七绝·闲坐书斋	120
五绝·蝶梦	120
五绝·秋山幽居	120
五绝·山居	120
五绝·墨戏	121
五绝·桃花院	121
五绝·听松	121
五绝·寻仙	121
五绝·归去	122
七绝·闲情	122
七绝·春云叠嶂	122
七绝·松涧听泉	122
七绝·溪山幽隐	123
七绝·苍山幽隐	123
七绝·日落花溪	123

浪淘沙令·山居	123
浪淘沙令·清欢	124
七绝·春日山居	124
五绝·独钓	124
七绝·黄山幽居	125
七绝·天台山居	125
七绝·崂山幽居	125
七绝·九华山居	125
七绝·山中清趣	126
七绝·夏日山居	126
七绝·庐中幽趣	126
七绝·草堂幽居	126
七绝·春日幽趣	127
七绝·仙山春晓	127
七绝·春山读易	127
七绝·春山幽隐	127
七绝·抚琴	128
采桑子·忘机	128
采桑子·归去	128
五绝·紫阳观	129
五绝·普陀山居	129
七绝·春山闲居	129
七绝·笔底江山	129

七绝·雨后春山	130
七绝·弦上听泉	130
五绝·风雅	130
五绝·春山闲趣	130
七绝·山中幽趣	131
五绝·春山	131
五绝·云山墨戏	131
七绝·普陀幽居	131
七绝·春山闲居	132
五绝·雨后	132
七绝·画里桃源	132
七绝·忆达摩祖师	132
七绝·空谷幽居	133
五绝·忘归	133
七绝·水月	133
眼儿媚·清虚	133
眼儿媚·归去	134
五绝·作画	134
七绝·笔写春山	134
七绝·忆慧能大师	135
七绝·武当山逍遥谷	135
七绝·冬日山居	135
七绝·雾锁清溪	135

七绝·山静日长	136
五绝·雅事	136
五绝·虚无	136
五绝·崆峒山	136
七绝·采药	137
七绝·峨眉幽居	137
七绝·普陀幽居	137
七绝·崂山栖隐	137
七绝·笔底潇湘	138
七绝·问道	138
七绝·悬空寺	138
七绝·溪山雨后	138
纱窗恨·雨后崂山	139
纱窗恨·云山墨戏	139
七绝·春山闲趣	139
七绝·春水渔舟	139
五绝·春山闲居	140
七绝·听雪	140
五绝·听瀑	140
七绝·兰香院	140
五绝·溪山行旅	141
五绝·书斋雅事	141
七绝·听松观瀑	141

七绝·春江渔隐 ········ 141

七绝·春山秀色 ········ 142

七绝·月夜赏荷 ········ 142

七绝·崂山幽隐 ········ 142

五绝·林下会友 ········ 142

烛影摇红·山居闲趣 ········ 143

烛影摇红·笑傲林泉 ········ 143

七绝·书斋墨戏 ········ 143

七绝·春山暮色 ········ 144

第二部分　山水游记 ········ 145

武夷山中遇奇僧 ········ 147

鸡足山中的隐修者 ········ 151

云门寺的传奇故事 ········ 155

墨韵茶香绕普陀 ········ 160

灵隐寺中忆济公 ········ 165

自古终南多奇人 ········ 174

雪窦山中觅禅心 ········ 182

洞天福地武当山 ········ 192

平常心是道——福建圣迹寺参访 ········ 200

花香诗意满苍山 ········ 207

仙音雅韵遍黄山 ········ 212

日本高野山探秘 ········ 219

第一部分 山居诗集

七绝·山居梦

松下抚琴明月伴,远山深处紫云家。
林中鹤舞俗尘远,共与仙人扫落花。

七绝·山中春日

瑶草如烟云外客,松花煮酒慰平生。
芬芳花事离尘垢,迟日归乡见鹤迎。

五绝·暮春

恒得清凉境,常忘世俗心。
始知真隐者,不必在山林。

七绝·花思

闲拾落花思故里,寂居陋室远尘埃。
家山千里烟云外,香满桃源入梦来。

五绝·春山

云山听夜雨,平野漫鸿声。
月下煮佳茗,瑶台看落英。

五绝·归山

馨风飘竹院,瑶草映琼花。
天地任来去,山泉煮碧茶。

七绝·花居

庭院花深谷雨春,抚琴舞剑一闲身。
天香直欲熏人醉,仙骨何曾染俗尘。

七绝·山居

草径有尘花雨洗,山门无锁揽群芳。
琴歌一曲知音赏,不羡仙家日月长。

七绝·花忆

远山深处绝尘埃,闲坐庭前故友来。
谷雨乍过茶事好,繁花落尽忆蓬莱。

五绝·秋山

山中无甲子,花月满香林。
闲坐秋风里,遥闻梵呗音。

五绝·秋思

深山灯火远,秋水映孤鸿。
花落了无得,荣枯任雨风。

七绝·元日雪夜访友

松下逢青鹤,林中访故人。
僧庐听夜雪,元日是良辰。

四绝·壬寅年五一假日感怀

一

春日将尽,无去无来。
闲坐松下,静待花开。

二

云水三千,幽居尺宅。
春山夜雨,花下归来。

三

闲坐庭前,空对长松。
千山碍阻,何去何从?

四绝·庐中

庐中日月,枕边诗书。
袖藏乾坤,心住太虚。

五绝·庐中居

月色入江野,空山遇故知。
庐中欢喜事,翰墨与花枝。

七绝·庐中隐

庐中幽居风月长,案前枕侧尽诗书。
此生长得山林趣,锦绣无边住太虚。

五绝·庐中吟

庐内无风雨,花间尽得闲。
浮云皆散去,此地是南山。

五绝·花境

庭前车马少,云外客来稀。
花晓林泉意,时时演妙机。

七绝·清和节山中遇故人

山中无事泉边坐,天气清和故友来。
十里幽香人欲醉,满天花雨赴瑶台。

七绝·壬寅立夏感怀

花满京城民避疫,远山青黛送春归。
惟求家国两安好,海阔天高任我飞。

七绝·立夏

陌上花开甘雨落,蔷薇似海绕宫墙。
长安寂寂人声少,锦绣无边夜未央。

七绝·忆净慧长老

一

九品莲台随佛往,满天花雨月灯孤。
灵光独耀根尘断,真意原来一字无。

二

宏愿悲心持净戒,一花五叶指心灯。
莲池海会金台坐,道业圆成禅法兴。

三

选佛场中传道种,灵山会上悟无生。
赵州茶圣今何在,暮鼓晨钟夜雨声。

四
庭前指月寻真意,柏子明心见性因。
昨日拈花传妙法,而今不见吃茶人。

五
开权显实传心印,普摄群萌示禅机。
水月光中宣妙法,西方归去夜星稀。

六
祖师详解西来意,云水三千闻法音。
大地平沉功果满,虚空粉碎耀禅林。

七绝·浴佛节感怀

水月光中甘露洒,优昙花落世尊前。
应从俗谛寻真谛,了却尘缘觅净缘。

七绝·花梦

来从无始去无终,去与来时是一同。
三界归尘虚空尽,逍遥长住紫霄宫。

七绝·桃源居

花枝做伴琴为友,书画生香亦有情。
南北东西无挂碍,清风明月共归程。

七绝·春山仙境

仙人对弈松花落,云雾苍茫见紫霞。
福地洞天无甲子,千山万水尽为家。

七绝·花夕

松下幽人漫抚琴,三清古意入弦深。
空山满月归庭院,花雨缤纷醉妙音。

七绝·煮雪烹茶

寒夜围炉辞旧岁,道童拾雪煮新茶。
梅香幽远离尘念,云隐青山月映花。

七绝·山中道人

白发道人松下坐,梅香拂面竹芽新。
月光遍照三千界,世虑全消又一春。

七绝·竹庐听雪

月隐深山高士卧,竹庐听雪故人来。
烹茶煮酒琴箫起,庭院梅花次第开。

七绝·花归

十里长安车马少,花香满室遍诗书。
尘埃落尽寻真意,梦里归乡水竹居。

七绝·上元节

琴歌一曲良宵引,灯月齐辉性自明。
梦里寻仙游紫府,三千云水慰平生。

七绝·山中问道

芒鞋策杖山中行,云雾朦胧月作灯。
绝顶孤峰天上寺,幽林深处遇高僧。

七绝·道院春日

深山空谷觅幽玄,满院松花听雨眠。
草木荣枯无俗虑,千秋风月一炉烟。

五绝·禅院钟声

禅院钟声远,松花沐雨风。
红尘多少事,不到白云中。

七绝·寒山僧踪

问道终南寻古刹,林深无处觅僧踪。
寒山冷月孤鸿影,千里涛声万壑松。

五绝·花情

花木无尘累,乾坤眼底收。
四时皆自在,万古不知愁。

五绝·花话

花木是良友,烟霞识道心。
诗书为眷属,尘事不相侵。

七律·芒种雅集抒怀

长安十里传佳讯,日照宫墙瑞气升。
笑看风云挥妙笔,欣逢雅集会高朋。
青梅煮酒花间醉,香竹烹茶逸韵增。
一纸山河言旧梦,烟霞如锦坐鲲鹏。

七绝·西藏行旅

冷月寒江天上路,雪山皆隐白云中。
高原胜境离人醉,卧枕星河万事空。

七绝·忆故人

梦中常绕关山月,夜雨江湖念故知。
千里风云皆过客,槿花满院问归期。

五绝·策杖寻幽

策杖寻幽境,秋山万壑松。
落花清水涧,尘事了无踪。

五绝·竹林观瀑

清风携竹露,观瀑悟玄机。
归去踏明月,琼英落羽衣。

七绝·武夷山小居

有花有竹远尘事,无送无迎了幻缘。
四面云山皆入画,茶香琴韵自陶然。

七绝·达摩大师赞

师祖西来传妙法,九年面壁悟三乘。
慈云普覆少林寺,月印千江续慧灯。

七绝·慧能大师赞

顿悟本来真面目,菩提妙喻启心灯。
坛经直指迷人路,月照曹溪礼圣僧。

七绝·花幻

浮生久作长安旅,大化之中任去留。
四十余年成一梦,花开花落度春秋。

五绝·归来

拨云惊野鹤,倚树看流泉。
兰桂满庭院,逍遥不羡仙。

五绝·抚琴

清音飘竹院,明月耀星河。
流水青鸾舞,高山白鹤歌。

五绝·采药

道人行绝壁,一鹤紧相随。
幽谷绝尘迹,云溪采紫芝。

五绝·观雨

雨来幽竹翠,碧水漫瑶池。
荷舞微风醉,清香白玉姿。

七律·竹庐山房

风舞青莲映玉光,烟霞如锦绕山房。
星稀夜静花无影,雨落林深竹亦香。
翰墨丹青添雅趣,丝弦古韵送清凉。
一童一鹤庄生梦,世虑全消日月长。

西江月·山水间

寂寞深山瑶草,孤高空谷幽兰。花溪泉畔与云间,白鹤仙童偶现。

竹影静观雨落,松阴轻抚丝弦。前尘往事尽如烟,风月长留庭院。

西江月·兰香涧

岩下流泉月影,庭前沐雨幽兰。悠悠岁月不知年,花雨缤纷满院。

坐看山中云起,遥思天上诸仙。四时春色享安然,无虑无忧无倦。

西江月·大理山居幽赏

洱海青烟波浪,苍山松影霞光。古城三塔世无双,独坐云来云往。

冬日暖阳舒畅,夏天泉石清凉。四时风月满庭芳,闲看水流花放。

五绝·空山道人

道人携鹤去,遁迹白云间。
识破安心法,空山自得闲。

五律·普陀山居

幽居紫竹林,明月照禅心。
古寺春花落,苔阶草色深。
静闻钟鼓响,闲对海潮音。
千古红尘事,烟波浪里寻。

五律·归去来兮

归来住竹林,苔径送清荫。
经卷满书案,花香染衣襟。
丝弦为眷属,翰墨是知音。
不问尘间事,逍遥看古今。

五律·林泉高致

明月照陈榻,清风拂素琴。
常闻泉石啸,不喜俗尘音。
窗外桂花落,庭前竹木深。
山中无甲子,自在水云心。

七绝·普陀巡礼

潮音入耳仙山寂,世虑全消紫竹林。
五蕴皆空观自在,千江月影涤尘心。

七绝·问道崂山

烟霞紫府南华梦,山海松云忆众仙。
不问世间名利事,太清宫里悟前缘。

五律·秋山古寺

禅堂藏满月,古寺远尘埃。
野鹤穿云去,松风入院来。
闲观秋叶落,静看菊花开。
灯火红尘远,逍遥大快哉。

七律·深山策杖

深山策杖丹亭望,岩上苍松接暮烟。
灿灿黄花寻鹤影,青青翠竹入云天。
道童默默读经卷,瑶草依依抱石泉。
笑看红尘名利客,几人归去可登仙?

七绝·溪山访友

岩上飞泉生紫气,溪山春色水云清。
满天花雨踏歌去,与友吹箫坐月明。

七律·秋山幽赏

寒潭冷月孤鸿影,飞瀑苍岩见紫烟。
野菊烹茶参妙理,松花酿酒忘流年。
闲观童子抱琴去,静卧桐阴枕石眠。
俗世繁华皆过客,万般自在即为仙。

七绝·桂林幽居

孤客乘舟碧水湾,携琴心与晚霞闲。
沙鸥明月来相伴,如画云峰水上山。

玉楼春·山居

空谷时闻钟鼓响,落日满山追水浪。苍岩飞瀑白云间,十里松阴明月朗。

放下万缘离幻网,怀抱清风眠石上。梦随童子赴蓬莱,花满瑶池鸾鹤降。

玉楼春·归去

雾锁远山天地渺，阅尽浮云参大道。长居幽谷不知年，野岭小村灯火杳。

对月抚琴愁事了，观雨听云泉石啸。心无挂碍枕书眠，春野花开蜂蝶笑。

玉楼春·羁客行旅

云海仙踪羁客旅，日月星辰为伴侣。孤舟烟雨远江湖，踏遍千山无碍阻。

古木苍藤无俗虑，尘世繁华终为土。无边风月洗心尘，他日乘风归紫府。

七律·鸡足山小居

烟霞做伴琴为侣，古寺风清度晚钟。
草径有尘经雨洗，柴门无锁任云封。
卧听飞瀑苍岩落，闲拾春花月影重。
鸡足山中何所得，佛光金顶万株松。

五绝·秋山

松间留鹤影，秋色满空山。
落叶随风去，天青日月闲。

五绝·幽谷流泉

幽谷看流泉，长松过紫烟。
孤峰人迹绝，秋水共长天。

五绝·冬日山居

松下见初雪，幽岩赏早梅。
满山枯叶落，明月逐人来。

五绝·孤峰独坐

独坐孤峰顶，清凉竹影间。
抚琴看鹤去，常伴白云闲。

五绝·空山春色

空山春色好,花落满溪桥。
野竹拂青霭,心清俗念消。

五绝·栖隐

道士隐幽谷,溪清碧水寒。
不闻尘俗事,遁迹白云端。

七绝·空山秋色

松间坐看烟云起,月隐风清梦亦闲。
落叶尽随溪雨去,只留秋色满空山。

七绝·云上高卧

落日云山映月光,竹林风过散幽香。
道人高卧白云上,花落前川送晚凉。

七绝·春日幽居

抚琴独坐千山寂,落尽春花月满衣。
不做尘间名利客,浮云散去故园归。

喜迁莺·水云间

家山远,梦无涯,花落又花开。幽人月下忆蓬莱,无念绝尘埃。
叹长安,名利客,碌碌终无所得。何如归去享清闲,自在水云间?

喜迁莺·松风花月

花如雪,草如茵,独坐一江春。千金难买一闲身,无事即良辰。
松风清,尘缘绝,笑看彩云追月。诗书为侣乐天真,自在满乾坤。

喜迁莺·崆峒山问道

孤峰顶,望苍穹,薄雾锁崆峒。溪山杳霭绝尘踪,松下一仙翁。

餐紫霞,听云起,草径常飘花蕾。清泉啼鸟入松涛,独自奏清箫。

五律·空山幽林

独坐空山寂,花香月满衣。
林间泉水响,竹下客尘稀。
枕石听猿啸,临渊看鸟飞。
孤峰栖绝顶,云起悟禅机。

五律·春山新雨

天梯一线通,雨过雾朦胧。
日落西风劲,云升满月红。
钟声鸣古寺,鹤影漫苍穹。
苔径添新绿,春光入梦中。

五律·秋山幽居

世事无须虑,人闲即是仙。
桂花飘几案,明月照床前。
倚树望归雁,观云入碧泉。
琴音清俗念,自在抱书眠。

五律·林溪高隐

野竹连天碧,幽人谷底行。
溪间浮鹤影,石上响涛声。
风起山花落,云飞日月明。
红尘名利客,几个得长生?

七绝·小暑抒怀

雨润荷香销暑气,烹茶摇扇品蝉音。
吟诗酌句卧花影,人觅清凉鸟觅荫。

七绝·松下抚琴

策杖林间晨雾起,抚琴松下待云归。
孤峰自是尘难至,不问人间是与非。

七绝·临渊听松

道人独坐扁舟上,闲看松花落碧渊。
惟愿尘根都涤尽,此生彻了世间缘。

五绝·溪山烟树

石上烟云漫,花间看蝶飞。
清溪深不测,山月伴人归。

七绝·桃花溪

几片闲云封古寺,桃花如雨落清溪。
夕阳斜照千山寂,风过幽林听鸟啼。

七绝·幽人观瀑

水落碧潭松石隐,烟升雾起色斑斓。
幽人倦卧高岩上,观瀑听风总是闲。

七绝·夏日幽怀

风舞莲花碧水凉,孤舟独坐下荷塘。
沙鸥飞去青山暮,弄笛吹箫夜未央。

七绝·苍山春去

苍山春去繁花落,林下风来竹叶新。
自汲清泉忘俗事,溪边独坐乐天真。

七绝·渔歌唱晚

渔歌唱晚足优游,老树空亭度暮秋。
倦鸟归巢星野寂,一江寒月照孤舟。

七绝·溪上茅屋

竹林茅屋花溪上,犬吠鸡鸣入梦乡。
不问世间名利事,荷风烟雨送清凉。

七律·闲居空谷

茅庐幽僻是非绝,荷满池塘映碧波。
雨打芭蕉惊幻梦,蝉鸣古树奏清歌。
闲居空谷客尘少,独坐松云妙趣多。
不问人间荣辱事,无忧高卧枕星河。

更漏子·山居

　　水悠悠,云渺渺。常拾灵芝瑶草。看日落,赏琼花。听松餐紫霞。

　　山泉澈,清凉月。万法本无生灭。黄粱梦,尽归空。溪桥遍落红。

更漏子·幽隐

车马稀,山色好。常忆蓬莱仙岛。拾芝草,煮清茶。泉边赏落霞。

幽隐者,清凉夜,闲看水流花谢。俗缘断,望群星。松间坐月明。

更漏子·离尘

卧松云,吟风月。惟念洞天清绝。乐恬淡,幻缘空。百年一梦中。

离尘欲,享清福。常种梅兰竹菊。如野鹤,破藩篱。天高自在飞。

七律·苍山幽居

独木桥边古树深,初春微雨染衣襟。
云追月影离尘念,花落清溪悟道心。
流水潺潺空谷寂,炊烟袅袅故人临。
幽居大理苍山上,世外桃源不必寻。

五绝·幽林访友

未到幽居地,琴音彻竹林。
遥看孤坐影,如见故人心。

五绝·烟水孤蓬

月上江桥白,残阳沐柳风。
空亭飞鸟过,烟水一孤蓬。

七绝·幽林烟树

幽林烟树连天碧,十里花溪遍杜鹃。
绝顶孤峰藏古寺,逍遥独坐万山巅。

七绝·古寺烟云

古寺烟云轻拂竹,空山月影映黄梅。
僧人独坐诵经咒,残雪溪桥覆藓苔。

七绝·秋寺寻幽

秋至菊黄苍竹老,一江寒月照边城。
长松古寺孤僧影,独步林间伴鸟声。

五律·空谷幽居

门前岩壁陡,山后树阴浓。
独坐兰香涧,遥闻古寺钟。
清风摇碧柳,明月照长松。
空谷繁花落,闲观雁影踪。

七绝·桃花院

乱红如雨斜阳暮,众鸟齐鸣伴笛笙。
春水煎茶山色好,桃花院里度余生。

鹊桥仙·归去

水天一色,千山暮雪,冷月寒光皎洁。诵经打坐守心神,参妙理,苦修真诀。

柴门常掩,清闲长享,不羡王侯英杰。尘缘灭尽列仙班,乘云去,蓬莱宫阙。

鹊桥仙·悟玄

青山隐隐,白云渺渺,恒以烟霞为侣。江天一色望孤鸿,悟玄妙,情牵紫府。

机心顿忘,星稀月冷,风起落花如雨。林泉无扰绝尘踪,功德满,瑶台归去。

鹊桥仙·道情

天高水阔,小轩梅竹,一枕无忧高卧。清风皓月诵南华,静夜里,孤灯独坐。

诗书常伴,闲云野鹤,不喜人间烟火。一琴一剑走天涯,回首处,山花万朵。

七绝·孤舟柳岸

一片沙鸥下渚田，江边农舍隐炊烟。
孤舟柳岸千山寂，落日芦花碧水连。

七绝·空亭独坐

空亭独坐雨潇潇，远望秋山破寂寥。
忽见孤鸿临水过，落花如雪满溪桥。

七绝·送君归

苍山花落客尘稀，洱海孤舟对落晖。
把酒临风琴瑟伴，平沙落雁送君归。

七绝·松间隐者

孤高独不群，俗事未曾闻。
隐者居何处，松间几朵云。

七绝·绝壁幽寺

岩上苍松飞瀑落,寒潭孤雁入云中。
丹崖绝壁藏幽寺,百丈天梯一线通。

五律·山中秋色

山中秋色好,幽谷尽斑斓。
叶落苍岩顶,花开碧水湾。
野猿泉石上,孤雁白云间。
醉卧烟霞里,天青日月闲。

七绝·荷田秋色

红桃满树罩岚烟,苇草芦花映绿川。
舟影波光天一色,落霞孤雁过荷田。

七绝·秋日幽居

夕阳斜照入柴扉，采菊东篱卧翠微。
遥望秋江烟水阔，孤鸿归去落霞飞。

七绝·绝壁孤松

绝壁孤松云上立，寂然高隐世无争。
不俱风雨及霜雪，常伴晨曦与月明。

七绝·仲秋吟

万里幽林桂子香，藤瓜坠蔓菊花黄。
人间最是仲秋好，月满山川谷满仓。

七律·白露抒怀

月隐青山白露秋，菊花满院影轻柔。
星河璀璨远尘事，枯叶飘零落晚舟。
听雨煮茶风习习，焚香作画梦悠悠。
浮云富贵皆空幻，大化之中任去留。

七律·冬日山居

世情从此免相关,妄念皆消享静闲。
煮雪煎茶迎客至,松花酿酒待春还。
门前雾锁疑无路,窗外风来忽有山。
默坐诵经思虑绝,尘埃不到水云间。

七绝·游凤凰山

凤凰山上赏花落,云海寻仙斗母宫。
石径险悬峰顶侧,松涛独坐万缘空。

七绝·秋日抒怀

丹桂飘香逐惠风,潮生月落小桥东。
闻歌起舞弄花影,霜染枫林满目红。

七绝·雁落平沙

雁落平沙灯火远,芦花似雪月如霜。
孤帆阅尽千江水,秋色无边放眼量。

七律·乡野秋居

世事无忧自在眠,茯苓芝草煮山泉。
风吹疏竹寻新句,雨打残荷拾故笺。
窗外鸟鸣惊幻梦,庭前花落抚丝弦。
光阴似水优游过,乡野秋居不羡仙。

苏幕遮·悟禅

水清清,山杳杳。江阔天高,庭院无人扰。花木深深秋色好。兰桂飘香,月朗群星耀。

访名师,求诀窍。常念如来,独坐思玄妙。心地尘埃须尽扫。彻悟禅机,莫向人间道。

苏幕遮·归隐

隐南山,携紫气。常抱琴书,望远天新霁。醉卧烟霞无一事。自在逍遥,不羡公卿位。

俗缘抛,名利弃。远绝尘踪,日月如流水。了悟天机无可说。静坐庭前,笑看风云起。

苏幕遮·归一

水悠悠,风习习。孤雁穿云,暮霭连天碧。苇草芦花皆入画。独坐渔舟,月上江桥白。

幻缘空,无可得。参悟玄机,卧枕星河寂。大道三千无处觅。清静无为,万法皆归一。

七绝·桃园居

溪边花落柳丝摇,孤雁凌空过碧霄。
十里桃园山色好,幽人独坐奏清箫。

七绝·月照花溪

柳丝逐水夜莺啼，雨后青莲漫旧堤。
独坐渔舟山色隐，月光伴我入花溪。

七绝·独坐秋山

霜染枫林归雁醉，桂香遍野胜春光。
落花满地无人扫，独坐秋山日月长。

七绝·幽人独钓

烟波千里尽潮音，江畔芦花暮色侵。
黄柳扶风归雁落，幽人独坐钓浮沉。

五律·明德求真

万卷经书伴，安然度晓昏。
时时持戒律，处处忆天尊。
明德求真道，观空悟本源。
一心无挂碍，自在满乾坤。

五绝·晚春

山中无一事,风月共良辰。
泉酿松花酒,千红醉晚春。

五绝·洞天幽居

空谷客来少,幽居小洞天。
云山寻野趣,烟雨不知年。

金错刀·林泉

近林泉,远功名。高崖飞瀑伴空亭。萤光点点星河杳,花落溪桥俯耳听。

尝药草,采琼英。诗书琴剑一身轻。苦修真道尘缘了,羽化登仙上太清。

金错刀·逍遥

尘埃绝,幻缘抛。无边风月任逍遥。清波倒影斜阳暮,花雨缤纷落碧涛。

云淡淡,水迢迢。孤鸿远影过溪桥。前生本是蓬莱客,独坐空山破寂寥。

金错刀·崂山幽居

山海远,月如钩。烟生潮涨洞天幽。松涛入耳群峰翠,渔影波光荡晚舟。

离幻梦,远愁忧。清闲从不羡王侯。柴门深锁无人至,花落无心水自流。

五绝·寻幽

幽人寻古寺,策杖白云间。
翠竹入青霭,空山尽得闲。

五律·道院幽居

幽人居道院,天阔水云清。
竹下诵经卷,花前奏笛笙。
修心离垢染,培德忘功名。
他日归仙府,瑶台紫气生。

五绝·空山秋月

空山无一物,秋月伴人归。
枯叶随波去,溪清顿忘机。

五律·南山古寺

晚钟鸣古寺,秋色满南山。
花影入溪水,清波洗素颜。
诵经参妙理,持咒破冥顽。
静坐寻真意,天青日月闲。

七律·山居秋颂

日落秋江四野凉，独行陌上踏霞光。
核桃坠地随君取，柿子垂枝任尔尝。
遥望孤鸿思旧梦，常持墨笔撰新章。
清茶一盏诗书伴，金桂临风满院香。

七律·峨眉秋居

蓬莱仙境眼前寻，雾锁峨眉竹木深。
梵唱钟声惊幻梦，空云水月叹浮沉。
闲观孤雁落花影，卧枕星河见素心。
莫道空门无故友，天涯何处不知音。

七律·终南幽居

终南胜境解千愁，古寺楼台度晚秋。
心住太虚离幻网，袖藏经卷尽优游。
静观空谷山花落，轻掩柴门草径幽。
笑看风云皆旧梦，随缘自在任沉浮。

七绝·兰香院

万里云山披锦绣,兰香满院浸春光。
鸟鸣泉涧人声寂,花雨缤纷落野塘。

七绝·幽谷观瀑

秋日暖阳幽谷秀,天峰飞瀑溅珍珠。
雾升云起彩虹现,花落清潭草未枯。

七绝·秋夕

寒鸭优游戏水凉,芦花溪畔挂清霜。
板桥落日追光影,丹桂临风送妙香。

七绝·秋江暮色

云海松涛入翠微,板桥杨柳映金辉。
飞鸿渐远千山暮,日落秋江伴我归。

七绝·日照千山

夕阳斜照千山秀,花影金晖落碧泉。
一路踏歌惊雀鸟,柴门犬吠起炊烟。

七绝·草堂秋居

青山叠翠笛声柔,一榻松云梦亦幽。
野菊烹茶迎远客,草堂高卧度清秋。

七绝·独居幽谷

竹院鸟喧朝起早,卧听松海夜眠迟。
独居幽谷无人扰,明月如银照碧枝。

七绝·春山晓翠

春山晓翠阅新晴,十里莺歌伴我行。
杨柳轻摇蜂蝶舞,落花如雪水云清。

七绝·秋山幽隐

疏风霁月人声寂,霜染丹枫竹舍寒。
茶暖生香迎远客,秋山幽隐尽清欢。

七绝·孤舟野渡

孤舟野渡彩云飘,鸥鹭凌空逐浪潮。
两岸枫林霜露冷,秋江万里任逍遥。

七绝·野渡秋江

星寒露重坐孤舟,野渡秋江夜更幽。
一曲渔歌随浪起,优游不必羡王侯。

七律·武当秋居

武当秋色幽人醉,宫观祥云在眼前。
明月径悬金顶上,桂花飘落万山巅。
诵经打坐参真谛,访友寻师悟太玄。
大道本来无别事,心闲意淡即神仙。

七律·三清山幽居

怪石出山迎远客,苍松奇绝卧珍禽。
风摇树影落花雨,日照流泉演梵音。
水月空云言妙法,长箫紫竹道禅心。
三清胜境涤尘虑,世外仙踪眼底寻。

五绝·灵山秀色

信步寻幽趣,花溪落暮云。
灵山多秀色,天水共氤氲。

五绝·秋江雨后

白鹭窗前过,烟云雨后生。
山清江水涨,秋月伴舟行。

五绝·空谷吟

空谷客来少,云山是四邻。
一心无挂碍,悟道了前因。

五绝·云水吟

幽谷无寒暑,云深水亦清。
春花秋月里,离念自心明。

五绝·落花吟

落花随水去,常叹梦中身。
且喜无荣辱,心头不染尘。

醉花阴·忘机

　　醉倒终南山色里。不羡公侯位。闲卧竹林中,顿忘机心,往事如流水。
　　静心涤虑无悲喜。默坐寻真意。繁华尽如烟,顺逆随缘,淡看风云起。

行香子·仲秋吟

独坐空山,古井无波。四十余年尽蹉跎。仲秋时节,遥望嫦娥。叹花如梦,月如幻,日如梭。

悠然自得,闲云野鹤。赏院中古木藤萝。无思无虑,卧枕星河,愿心常平,体常健,气常和。

沁园春·梦蝶

空谷幽居,布衣芒鞋,几度春秋。醉卧烟霞里,诵经打坐,清心寡欲,夫复何求。蜂为花忙,蛾因灯逝,皆属迷前忘后忧。红尘事,但庄周梦蝶,蝶梦庄周。

多思必定多愁。名利事、此生一笔勾。万法皆空相,无牵无挂,无忧无惧,自在优游。世事如棋,轮回路险,不染尘埃无怨尤。只惟愿,悟真常妙道,平步瀛洲。

洞仙歌·道情

　　春山幽谷,看落红如雨。杨柳依依蝶蜂舞。伴琴书,静对香桂幽兰。柴门掩,莫问是非毁誉。

　　卧桃花院里,不染尘埃,烟雨红尘任来去。百年如梦蝶,妄念皆空,世缘尽,回归仙府。清闲贵,孤峰倚长松,悟大道,三千水云无阻。

五律·悟道

　　深秋夜静寒,悟道得心安。
　　明月庭前照,乾坤座上观。
　　往来无苦恼,朝暮尽清欢。
　　他日归仙府,瑶台驾紫鸾。

五律·秋山栖隐

　　空谷人声绝,秋山日月长。
　　听经闻妙法,观雨得清凉。
　　叶落闲愁扫,花开密意藏。
　　如来心上坐,孤独也无妨。

五律·山居雅趣

白菊挂秋霜，银壶饮玉浆。
浮云知幻梦，归雁诉衷肠。
月落钟声杳，风来稻谷香。
山居皆雅趣，不必觅仙乡。

五律·洞庭秋居

烟霞铺锦绣，兰桂送温馨。
幽谷闻钟磬，深山采茯苓。
浮云皆散去，往事尽归零。
雁阵惊尘梦，丹枫满洞庭。

七绝·古寺晚秋

碧瓦红墙沐暖阳，千年古寺漫金光。
深山秘境无人扰，银杏临风已泛黄。

无愁可解·修真

似水流年，犹如梦蝶。昼夜辛苦无歇。读仙经万卷，智慧增，自然通达。不染尘埃悟妙理，养正气，水清天阔。慰平生，水墨丹青，野茶药草，好花佳月。

听说，古往今来名利客，今只有，兔踪狐穴。不如访道友，拜名师，求得真诀。古剑瑶琴为伴侣，只挂牵，洞天清绝。幻缘空，果满功成，去留自在，甚为欣悦。

风入松·栖隐崆峒

常携经卷上云峰。斜倚长松。烟霞如锦花如雪。慰平生、明月清风。一鹤一童相伴，此生长住崆峒。

闲观溪水落飞鸿。雾气朦胧。万缘放下寻真意。金丹成、五蕴皆空。他日乘云归去，真身永住天宫。

七绝·峨眉春色

古寺清风度晚钟，远山青黛入苍松。
云烟缭绕花如雪，雾锁峨眉四五峰。

满庭芳·虚无

无我无人，离空离色，修行需下功夫。静心涤虑，无念悟清虚。闲坐庭前松下，赏花落，了悟真如。红尘事，随缘自在，枕上尽诗书。

为仙为佛事，不增不减，非实非虚。但寻得，心中一朵明珠。尘垢浑然不染，常携带，琴剑葫芦。金丹结，长生久视，真道即虚无。

水调歌头·春山烟雨

阶前观烟雨，山色愈清奇。桃源幽谷，小桥流水柳丝垂。正是晚春天气，风暖池塘鱼戏，随处鹧鸪啼。古树添新绿，庭院遍芳菲。

步绝壁，拾瑶草，采紫芝。天青雨霁，湖水如镜映云泥。灯火红尘远去，万里云山烟锁，无念顿忘机。蝶梦松窗下，高卧碧云溪。

七律·九华山幽居

踏遍浮云落尽花,田园栖隐事桑麻。
积功累德时时乐,见性明心处处家。
甘露嫩芽思故里,暖阳春日焙新茶。
鸟喧影动钟声杳,五色霞光照九华。

永遇乐·离尘

且问诸君,本来面目,是何形状。语尽词穷,无从描述,究竟光明相。非真非幻,无来无去,奥妙幽玄无量。真修道,无为自在,只求速离尘网。

身心安泰,机心皆忘,古寺名山参访。独坐幽篁,息心静虑,星月皆清朗。浮云消散,情空业尽,自性永无遮障。与三界,一切诸佛,毫无两样。

永遇乐·逍遥

野鹤闲云，超然物外，无拘无束。常诵真经，不闻世事，清静离尘俗。一琴一剑，烟霞为侣，莫问是非荣辱。任逍遥，深山空谷，琼花似雪如玉。

勤修道法，踏罡步斗，礼拜九天星宿。落尽尘埃，息心返照，静对梅兰竹。松涛隐隐，星河渺渺，俱是洞天清福。乘云去，永居仙府，凡尘不复。

七律·空山秋日

烟霞做伴琴为侣，长住空山远故知。
金桂吐香寻野径，幽兰入梦舞清姿。
勤修功德离尘网，平步瑶台会祖师。
可叹世间名利客，何如采菊隐东篱。

一丛花·归元

千金难买一身闲。无事小神仙。瑶琴宝剑诗书伴。乐恬淡、自在安然。古今得失，是非荣辱，尘事尽如烟。

长居空谷不知年。明月照流泉。终南山色离人醉，悟清虚、返本归元。乾坤万法，本无一物，玄妙不需言。

一丛花·守一

林间香露染青衣。星月伴人归。良田几亩山花艳。喜种植、山药黄芪。无牵无挂,无来无去,溪畔落霞飞。

尘埃落尽悟玄机。法乐有谁知。抱元守一求真道,只惟愿、寿与天齐。业尽情空,乘云归去,琼岛遍芳菲。

五绝·踏春

踏春寻胜境,微雨染衣襟。
花落随风去,空山见素心。

五绝·雨后

空山微雨后,幽谷遍云烟。
忘却红尘事,无心即泰然。

七绝·抚琴

不羡凡间富贵人，金徽玉轸自相亲。
闲来弦上听流水，欲洗青衫未有尘。

一剪梅·乐道

月照空山梦亦清。常忆南华，心境澄明。烟霞高卧弄琴筝。乐道安贫，不慕功名。

溪畔桥边拾落英。泉水烹茶，无送无迎。黄花翠竹慰平生，笑看风云，闲坐前庭。

五绝·独行

空谷一人行，唯闻落叶声。
云山知我意，从不羡公卿。

五律·幽境

云山添秀色,陌上降甘霖。
溪畔闻鸥鹭,松花落素琴。
一身无赘物,万法有清音。
随处皆幽境,仙源不必寻。

五绝·听琴

琴音飘入耳,闲看一江春。
富贵多忧患,何如自在身。

一剪梅·逍遥

横渡秋江逐浪潮。衣襟潇洒,两袖飘飘。欲将心事付渔樵,且过今宵,莫问明朝。

万里云山破寂寥。读诵仙经,尘念皆消。孤舟独坐奏琴箫,雁落平沙,任意逍遥。

五律·禅境

庭前风扫地,草木自枯荣。
顽石知禅意,云山拾落樱。
抚琴参道妙,作画度闲情。
绝顶人难至,空门免送迎。

七律·道情

微风拂袖伴星光,轻抚丝弦静夜凉。
闲坐庭前青竹密,时闻屋后白莲香。
丹书千卷离尘网,太上三清护吉祥。
月满空山无限意,洞天福地胜仙乡。

七律·修真

策杖芒鞋任我游,空山不念古今愁。
三千云水花如锦,万里松涛月似钩。
道气长存离幻网,尘埃落尽步瀛洲。
瑶琴宝剑天蓬尺,常伴高真远妄忧。

七绝·赠韩一甯老师

弦上深藏太古春,心虚气淡养精神。
高山流水寻真意,不染人间半点尘。

七绝·赠琴仙

黄山灵秀志凌云,水木清华远俗氛。
素手妙心琴瑟奏,仙音不与世间闻。

注:韩一甯老师,琴道臻于极境,被誉为琴仙。

七绝·琴道

世外仙音入耳闻,七弦雅韵洗尘氛。
幽人独坐孤峰顶,遥望青山尽白云。

七绝·琴情

闲来无事抚丝弦,水月花云现眼前。
只见山中常落雪,不知世上是何年。

凤凰阁·水云间

心清神静，笑看风云变幻。飞花如雪落溪涧。春水常临鸥鹭，日和风暖。卧松下、烟霞做伴。

无求无欲，每日清茶淡饭。山中蔬果皆佳馔。遥望富春江畔，风月无限。碧波荡、渔舟唱晚。

凤凰阁·携琴访友

澄怀观道，月朗星稀蝶舞。柳丝飞絮花如雨。静夜携琴访友，丝弦轻抚。指尖落、苍凉太古。

清虚恬淡，素手吟猱绰注。妙音如泣又如诉。应叹富贵如影，终化尘土。怎比得、仙家雅趣。

五绝·庭院幽情

明月照庭院，心清读古书。
黄花言妙理，翠竹契真如。

五绝·春水月光

春水明如镜,庭前遍月光。
一心参妙理,万法作慈航。

五绝·瑶琴清音

花落随风去,幽香慰素心。
瑶琴知雅意,弦上有清音。

五绝·空谷禅心

空谷客来少,清闲抵万金。
遥观江上月,静夜照禅心。

七绝·月印千江

山中秋色世无双,闲读经书坐小窗。
悟得真如尘不染,遥观明月印千江。

七绝·春日独行

春日独行修竹里，时闻犬吠白云间。
梨花似雪江村暮，月上西山尽得闲。

七绝·故人来访

故人来访青山暮，泉上飞花月色新。
炉火初红茶正好，庐中春日尽良辰。

七绝·高卧林泉

高卧林泉无所有，好花佳月度春秋。
世间万事随风去，云水三千任我游。

七绝·花落清溪

花落清溪逐水流，浮云富贵不长留。
山中岁月优游过，琴剑相随任自由。

五绝·无尘

春水净无尘,松花落羽巾。
清心闻大道,离欲葆天真。

五绝·山中访友

山中春树暗,竹舍夕阳微。
道友居何处?林深放鹤归。

七绝·山房

庭前古树荫山房,烟柳依稀似故乡。
四月芳菲无定处,孤云一片落池塘。

山花子·无忧

万壑松风任我游,洞天福地尽清幽。一曲瑶琴弹罢处,月如钩。

法界天机皆显露,无牵无挂亦无忧。满目青山为故友,度春秋。

山花子·清欢

翠竹黄花体自然,一琴一剑卧林泉。请问神仙在何处,水云间。

悟得浮生皆幻梦,安然自在度流年。烟雨江南春正好,尽清欢。

五绝·水月

绝顶无人至,清虚色相真。
庭前观水月,悟得梦中身。

七绝·山居

山居莫问人间事,万法皆空了幻缘。
不羡红尘名利客,观云听雨自怡然。

五绝·空山

月落钟声远,窗虚竹舍凉。
空山人迹绝,别有水云乡。

七绝·空山妙趣

春夏秋冬尽好时,空山妙趣有谁知。
松云花月与飞瀑,皆是幽人得意诗。

五绝·清静

山中来客少,清静不知年。
俗世多纷扰,幽居别有天。

霜天晓角·兰香院

黄粱梦断。万法皆是幻。见月何须用指,逍遥客、无羁绊。

云散。天渐暖。听渔舟唱晚。静悟虚无寂灭,兰香院、尘事远。

霜天晓角·花间住

高山流水。皆是吾知己。万里终南归去,花间住,赏兰蕙。
沉醉。得法喜。紫云送祥瑞。占断人间慵懒,此中意,不可说。

七绝·潇湘云水

山中独坐远尘喧,有客携琴过竹轩。
江上渔舟时隐没,潇湘云水胜桃源。

七绝·竹林深处

竹林深处是吾家,枫叶如丹赏落霞。
一曲七弦增雅意,空山秋色胜春华。

五绝·心清

花落水流去,心清日月闲。
浮云无挂碍,放眼看青山。

五绝·空寂

云里步苔径,松声伴我还。
时闻钟鼓响,空寂远尘寰。

五绝·春和景明

山静睡初起,春和景更明。
风来花自落,空谷遍泉声。

七绝·空谷抚琴

万里云山为故友,临风独坐净尘心。
轻弹一曲七弦韵,空谷常闻太古音。

七绝·观瀑听风

花落春山古树青,晚钟清寂自心宁。
世间最是怡情处,观瀑听风坐竹亭。

七绝·云山雅意

飞花逐水落鸣泉,村舍溪桥起暮烟。
满目云山知我意,何须弹奏伯牙弦。

七绝·携琴访友

携琴访友入深山,踏遍浮云尽得闲。
泉上飞花春色好,任他流水去人间。

七绝·秋夜抚琴

山峦叠嶂碧溪深,空谷常怀隐者心。
子夜清歌无限意,秋风拂袖弄弦琴。

七绝·独坐松林

独坐松林尘不染,涛声一曲寄禅心。
此中已得清琴趣,胜奏丝弦太古音。

两同心·机心忘

满院幽香,落花风扫。机心忘、闲看经书,俗缘绝、星稀月皎。乐清闲,独坐蒲团,形神俱妙。

万事不由计较。玄关一窍。得真趣、无作无为,三尸退、观天行道。一炉烟,野鹤孤云,尘埃不到。

两同心·逍遥客

石上飞花,去留无意。忘世情、随处安然,大梦醒、浮生如戏。远尘劳,返本归元,无量欢喜。

可叹世间名利。转瞬即逝。逍遥客、自在优游,无拘束、清闲最贵。卧松林,笑看风云,世间能几。

七绝·幽隐苍山

千竿修竹绕吾庐,幽隐苍山乐有余。
云白风清花满树,鸟鸣溪涧读经书。

七绝·松风皓月

松风皓月过幽篁,空谷鸣泉涧路长。
近日抚琴茅阁冷,高山流水忆潇湘。

七绝·秋山萧寺

霜冷叶黄人迹绝,孤峰松下坐空亭。
秋山萧寺僧何处,万壑涛声独自听。

七绝·林下优游

花香四溢染衣襟,独坐如临绿绮琴。
林下优游尘事远,从来山水是知音。

七绝·溪山烟树

溪山烟树散毫端,雁过空林碧水寒。
独坐泉边松影里,垂髫童子把琴弹。

七绝·天晴雨霁

天晴雨霁竹风凉,闲读诗书翰墨香。
独坐庐中无一事,庭前花木尽朝阳。

七绝·苍崖古寺

苍崖古寺斜阳外,苔径无人锁暮烟。
石上清溪枯叶落,空山独步觅幽玄。

七绝·武当夏日

幽篁泉石堪消暑,岚翠祥云绕武当。
卧展南华经卷读,花溪晨露湿衣裳。

虞美人·桃源胜境

桃源胜境春秋度。风月皆为侣。孤然一性觅天真。千古是非成败、尽归尘。

柴门禁闭无寒暑。天暖春山暮。唤来童子对仙棋。万里云山花雨、落青衣。

虞美人·武当问道

武当山上春花好。问道知玄妙。不增不减显圆成。云水芒鞋步履、数繁星。

尘踪远绝无纷扰。自性常观照。古今明月照丹江。万壑松涛清唱、满庭芳。

七绝·庐中日月

一纸山河万壑松,庐中日月远尘踪。
琴书做伴无多事,云水丹霞画里逢。

七绝·庐中闲居

书画消闲白日长,庐中犹忆旧时忙。
万缘放下寻新句,惟愿平安与健康。

五绝·雪夜读经

雪夜读真经,寒光映满庭。
朗然消万虑,明月照丹青。

五绝·秋山

林下尽枯叶,山花不可寻。
无人来此地,寒意自萧森。

七绝·独坐庐中

独坐庐中夜月新,澄明似水淡无尘。
此心长住山林梦,一曲琴歌忆故人。

七绝·雨洗空山

雨洗空山万木新,诗书琴画养心神。
茅堂深隐白云外,满榻松风又一春。

七绝·雨后松风

雨后松风送晚凉,溪山烟树尽荷香。
空亭独坐远尘事,轻抚丝弦奏酒狂。

七绝·庐中默坐

古树无花叶不存,丹青琴韵有乾坤。
庐中默坐度终日,物我皆空远俗喧。

七绝·空谷荒亭

空谷荒亭独探幽,林深应少客来游。
漫山红叶随波去,闲坐西风醉晚秋。

七绝·雪满空山

雪满空山未放晴,苍崖石径与云平。
林中落叶随风去,独坐荒亭听鸟声。

七绝·归元

虔诵真经坐小轩,色空不二尽归元。
幽人近日送迎少,无论阴晴只闭门。

朝中措·清虚

抚琴一曲月明中。往事尽随风。一鹤一童相伴,逍遥无问西东。

清虚恬淡,精神内守,自在从容。他日乘云归去,瑶台多一仙翁。

朝中措·优游

柴门深闭自优游。空谷不知愁。一枕烟霞高卧,洞天福地清幽。

流泉飞瀑,鸟鸣猿啸,涤尽烦忧。不羡王权富贵,惟求风月长留。

五绝·落雪听禅

山中幽隐即为仙,素手红炉煮碧泉。
落雪听禅无限意,闭门独坐忆从前。

五绝·灵隐钟声

钟声云外落,古道尽苍茫。
灵隐斜阳暮,梅花一路香。

五绝·松窗读易

庐中尘事远,瑞雪满溪山。
读易松窗下,幽人自得闲。

七绝·寒山雪霁

天地苍茫远利名,寒山雪霁少人行。
柴门不掩云来去,日暮林深遍鸟声。

七绝·息心

一曲清琴入耳闻,息心默坐远人群。
庐中亦有桃源趣,遥望西山尽白云。

七绝·幽居

虽有柴门总闭关,白云花木共身闲。
幽居不问世间事,独坐庭前望远山。

七绝·山中岁月

蔬果纷陈鲜味好,四时花木各争妍。
山中岁月无寒暑,体健心安不计年。

七绝·围炉煮雪

放下万缘心湛寂,围炉煮雪室长春。
虽非居住桃源境,如是逍遥有几人。

七绝·寻春

烟雨飞花落水滨,黄鹂声里自寻春。
绿茵满院门常掩,羡尔溪山隐逸人。

望仙门·林泉高卧

远离尘事住云端。抱书眠。林泉高卧似神仙。享清欢。
独坐思玄妙,惟求返本归元。茯苓常种赏幽兰。赏幽兰。空谷不知年。

望仙门·觅幽玄

竹林深处抚丝弦。饮清泉。山中茅舍两三间。白云边。
来去无牵挂,前尘往事如烟。独居空谷觅幽玄。觅幽玄。闲看万重山。

七绝·归隐南山

归隐南山日月长,满园春色竞幽香。
采来一束灵芝草,喂与仙禽作道粮。

七绝·雨过茶园

雨过茶园绿叶新,清泉慢煮碧螺春。
落霞斜照烟云起,独坐花溪待故人。

五绝·禅院晚钟

绝壁赏飞瀑,烟云绕古槐。
携琴寻故友,禅院晚钟来。

五绝·空谷仙翁

空谷白云中,流泉落草丛。
深山多福地,梅鹤伴仙翁。

七绝·桃花落

鸡犬桑麻春色好,一川烟雨绕孤村。
门前坐看桃花落,山里人家笑语喧。

七绝·空山萧寺

庭外落花随水去,柴门无锁白云封。
空山萧寺钟声杳,俗世尘埃绝影踪。

七绝·幽谷秋色

幽谷色缤纷,溪桥暮鼓闻。
僧家何所住,松外万重云。

五绝·雁过寒潭

空谷遍晨曦,秋山尽好时。
寒潭孤雁过,碧水泛涟漪。

七绝·林泉高卧

林泉高卧读诗书,淡看闲云自卷舒。
人在山中无别事,水流花放悟真如。

七绝·古寺寻幽

山深林密碧云低,古寺寻幽众鸟啼。
两耳不闻尘俗事,风吹落叶满花溪。

七绝·庭院幽居

几间茅屋自悠哉,庭院无墙翠竹栽。
终日闭门非谢客,怕他屐齿踏苍苔。

七绝·青山隐居

隐居常在水云间,与世无争独好闲。
远走江湖携鹤去,竹篱茅屋傍青山。

七绝·幽壑听泉

丹崖岚雾锁琼楼，古木苍岩水漫流。
幽壑听泉尘念绝，白云深处忆瀛洲。

卜算子·围炉煮茶

煮茶围火炉。遥看苍岩雪。踏遍梅花香满衣，无量心欢悦。
无去亦无来，万法无生灭。欲问修行真诀窍，手指天边月。

卜算子·逍遥

岚翠湿羽衣。来去无踪迹。观瀑听风读南华，蒲草皆为席。
离幻见太虚，无妄心清寂。书画琴棋诗酒花，伴我逍遥客。

七绝·空山古寺

焚香默坐消尘虑，远望空山抱雪松。
古寺天寒来客少，但闻暮鼓与晨钟。

七绝·围炉煮茶

天寒岁暮卧听雪,唯有梅花是故人。
炉火初红茶色好,万千俗虑化为尘。

七绝·林泉卧游

常持妙笔供清赏,心系林泉作卧游。
紧闭宅门车马少,身闲不必羡瀛洲。

七绝·春日幽赏

蜂飞蝶舞春晖沐,醉卧花间赏翠微。
莫问明朝何处去,一亭松月不思归。

七绝·太古清音

琴歌一曲关山月,欣解先贤寂寞心。
日落孤峰登绝壁,时闻空谷鹤低吟。

五绝·秋日闲居

雁过愁心去,山闲好月来。
四时皆自在,庭院菊花开。

五绝·山中听雨

茅屋坐听雨,青山遍杜鹃。
不知云外事,石上挂飞泉。

七绝·踏雪寻梅

古寺迎春盼福安,梅花十里锁山峦。
林中踏雪千岩冷,世外高僧定耐寒。

五绝·太古春

琴上听流水,逍遥太古春。
不闻云外事,离妄见仙真。

五绝·清虚

檐下看秋色，花深竹木疏。
云中仙鹤去，无念得清虚。

临江仙·松间石上

松间石上观花落，心中一朵明珠。抚琴听雨读诗书，静心离妄悟清虚。

芒履布衣无定处，水云皆是吾庐。轩窗独坐月灯孤，逍遥清净乐无余。

临江仙·晚春暮雨

晚春暮雨青山隐，蒲团满地松阴。客来无酒话禅心，竹窗幽静抚清琴。

莫道空门无故友，水云皆是知音。闲中日月胜千金，烟霞高卧百花深。

七绝·溪桥策杖

翠微影里暮云平,瑶草如烟涧水明。
何日结庐山顶上,长闻猿啸鹤鸣声。

七绝·松下听风

芒鞋策杖乐优游,松下听风兴自幽。
水月花云尘外事,空山不记古今愁。

七绝·仙音雅意

白云岩上自闲舒,与友携琴过竹庐。
流水高山知雅意,仙音入耳悟清虚。

五绝·雪落梅林

梅林多雅趣,雪落不知寒。
香远涤尘念,心清自尽欢。

五绝·空山琴韵

幽人松下卧，睡起抚瑶琴。
石上飞花落，空山草木深。

五绝·悟玄

高山清俗念，流水悟玄机。
往事随风去，琼英落羽衣。

七绝·空谷松风

空谷无人自结庐，松风满院世尘除。
白云深处拾瑶草，花落窗前读道书。

五绝·孤舟自渡

钟声鸣古寺，花影落虚窗。
遥望沙鸥去，孤舟自渡江。

七绝·春日山居

瑶草奇花又一春,松窗沐雨净无尘。
琴书做伴客来少,不羡桃源洞里人。

七绝·桃源胜境

古树临风送晚凉,莲花满院尽幽香。
桃源胜境在何处,遥指天边雁几行。

七绝·溪山烟雨

独步桥边碧柳堤,溪山烟雨鹧鸪啼。
云深不记来时路,翠竹黄花入眼迷。

五绝·独坐松云

山深尘事远,苔径遍琼花。
独坐松云顶,丹崖赏落霞。

七绝·栖隐空山

栖隐空山远世尘,烟霞猿鹤自相亲。
浮云富贵红炉雪,梅绽清香又一春。

七绝·道情

洞天清绝远尘喧,惟念师尊法乳恩。
琴剑相随无客至,松云翠竹忆昆仑。

七绝·溪山秋色

溪山秋色染层峦,千里烟霞座上观。
欲问道人何处去,白云深锁石门寒。

七绝·优游林下

优游林下畅幽情,云隐松梢待月明。
忽有风来飞雨过,惟闻枯叶作溪声。

七绝·山林客

泉上飞花入翠烟,茅亭深隐白云边。
此生长做山林客,一卷南华不记年。

七绝·山居吟

去留无意自康宁,绝顶孤峰采茯苓。
若问山中何所有,白云松下两函经。

五绝·山中春晓

苔径傍清溪,重檐古木齐。
山中无客至,春晓早莺啼。

五绝·山中雨后

雨后眺新晴,人闲竹石清。
山中灯火杳,无事一身轻。

七绝·闲坐竹亭

雨过春山万木青,花香风暖自清宁。
世间最是怡情处,一个闲人坐竹亭。

七绝·松鹤同春

松鹤同春寓吉祥,疏林风过绿荫凉。
云亭几日无人至,让与山花自在香。

七绝·崂山渔隐

崂山胜境远尘喧,与友寻诗坐忘言。
海上渔舟时隐没,身闲从不羡桃源。

七绝·云山墨戏

云山墨戏谱新篇,观雨听松莫问禅。
坐看春花开又落,长居空谷不知年。

七绝·寒江鸥鹭

远山如黛水连天,茅舍无人浸暮烟。
日落寒江鸥鹭起,芦花深处一渔船。

七绝·山静日长

香花翠竹四围栽,蝶舞蜂飞入座来。
山静日长无世虑,几间茅屋自悠哉。

七绝·普陀春色

苍茫云水远尘寰,紫竹琼花展妙颜。
一柱青烟残梦醒,普陀春色满人间。

七绝·寒江独钓

寒江暮雪落孤鸿,千里烟波一钓翁。
四野苍茫天际远,浮云聚散尽随风。

七绝·苍山幽赏

苍山秀色眼前收,日暖风和雨亦柔。
作画吟诗尘事远,好花佳月自优游。

七绝·溪山雨霁

溪山雨霁白云孤,庭院花深俗事无。
尘尽光生观自在,心中长有一明珠。

七绝·山中春事

松花酿酒果蔬鲜,春水煎茶几亩田。
夜读南华尘梦醒,一轮明月照庭前。

七绝·水月空花

浮名薄利勿劳神,水月空花莫作真。
心住太虚离幻网,瑶台归去坐麒麟。

五绝·濯足清溪

桃源三百里，长啸坐山巅。
濯足清溪上，飞花落碧渊。

庆春时·觅清欢

洞庭猿鹤，皆吾知己，自在悠然。烟霞做伴，云山墨戏，风月落毫端。

韶华如电，何不寻觅清欢。尘埃落尽，真如顿显，无事小神仙。

庆春时·绝尘

武夷山下，溪清风暖，远绝尘踪。不闻世事，诗书做伴，无欲自从容。

春花秋月，茅屋常被云封。炉香乍热，琴歌一曲，窗外万株松。

七绝·花落水流

垂髫童子戏蜻蜓,雨后青山似画屏。
花落水流春已去,溪边独坐读黄庭。

七绝·武当草堂

落日余晖映武当,红墙碧瓦沐金光。
机心顿忘江湖远,几片闲云过草堂。

七绝·月落花溪

浮云过尽万重山,栖隐终南自得闲。
月落花溪香气远,草亭独坐不知还。

七绝·山林客

千里松云展翠屏,落花如雨漫空亭。
此生长做山林客,冬去春来草自青。

七绝·崂山栖隐

云水三千远利名,潮音入耳月无声。
山花草木皆知己,琴剑相随别有情。

七绝·潇湘水云

黄庭读罢意无穷,满院松花沐雨风。
遥望潇湘云水阔,烟波千里一孤篷。

五绝·秋山读易

秋山皆秀色,寒水落斜曛。
闲坐读周易,丹枫映白云。

五绝·山居幽赏

玄鹤落花影,松风拂古书。
山深尘事远,明月入吾庐。

七绝·观瀑抚琴

长居幽谷不知年,观瀑临风抚七弦。
松冷云深花落去,空山别有洞中天。

七绝·直上青云

栖居幽谷万缘空,风起花飞落草丛。
直上青云登绝顶,闲观山色有无中。

七绝·空谷清音

空谷时闻太古音,秋山雨霁翠屏深。
竹风云影自来去,独坐书斋抚玉琴。

七绝·春山古寺

古寺凌云绝壁悬,桃花流水洞中天。
相逢莫论荣枯事,松柏长青不记年。

七绝·秋山听雨

独坐书斋抚素琴,静听雨落洗尘心。
长安旧梦今何在,惟见秋山草木深。

七绝·禅茶一味

云锁柴门免送迎,花溪十里眺新晴。
禅茶一味寻真意,明月还来共笛笙。

五绝·春山寻隐

古树绽新绿,春花落又开。
山中寻隐士,石径满苍苔。

五绝·春山行吟

身闲远利名,尘事不相争。
来去无牵挂,春山深处行。

七绝·春山忘机

桃花如雨落青衣,观瀑听云顿忘机。
踏遍春山无可得,风摇竹影入柴扉。

七绝·万壑松风

百丈危崖万壑松,时闻暮鼓与晨钟。
山僧不问红尘事,坐看闲云过雪峰。

七绝·求真

四十余年道未成,老君堂上白云生。
寻师访友求真诀,水月空花梦里行。

七绝·独坐竹亭

芒鞋策杖入山深,梦里仙踪无处寻。
独坐竹亭时小憩,松云花海遍清音。

留春令·栖隐

隐于空谷,世尘隔绝,静听花落。自在安然度流年,乐恬淡、无缠缚。

月照庭前闻雅乐,梦里骑仙鹤。修竹千竿送清凉,读经卷、宁心魄。

留春令·离幻

碧霞宫里,月明如昼,琴音悠远。读诵金书一炉烟,世间事、皆如幻。

万里山河无眷恋,手摇鹅毛扇。清净无为乐天真,看鹤去、花溪畔。

七绝·终南栖隐

终南栖隐享清闲,古树花溪屋几间。
坐看白云来复去,只留春色满空山。

七绝·苍山茅屋

三间茅屋傍溪斜,读罢诗书食枇杷。
坐看苍山春色好,几株茶树伴桃花。

五绝·春山寻隐

古树绽新绿,春花落又开。
山中寻隐士,石径满苍苔。

七绝·春云叠嶂

春云叠嶂觅新诗,妙手丹青戏墨池。
挥笔神游天地外,不知花落已多时。

七绝·草亭抚琴

轻抚丝弦坐草亭,溪边童子戏蜻蜓。
山中岁月无多事,常诵玄门清静经。

七绝·花溪箫声

箫声一曲过花溪,日暖风和众鸟啼。
若问仙人何处觅,竹林深处紫云栖。

七绝·书斋墨戏

鹧鸪声里过花田,独坐书斋理旧笺。
最爱山中风月好,常濡淡墨写林泉。

七绝·书斋清赏

落花满院素茶烹,独坐书斋远世情。
一卷南华观物妙,苍藤古木傍云生。

七绝·书斋抚琴

独坐书斋抚玉琴,风清竹密落花深。
高山流水寻真意,欣解先贤寂寞心。

七绝·春山幽赏

如画春山眼底收,更无一事挂心头。
草亭独坐云来去,花落清溪水自流。

望江东·溪山幽赏

闲坐庭前望云去,彩蝶舞、荷尖露。清风皓月本无主,竹影里、寻幽趣。

溪山野鹤为吾侣,俗事远、无忧惧。读完经卷阅琴谱,悟真道、无言语。

望江东·秋山幽赏

闲坐庭前品香茗,看雁过、孤峰顶。风摇竹叶落花影,独坐处、苍苔冷。

松花酿酒知音赠,忘俗事、心清净。月明如水读歌咏,客来少、神仙境。

七绝·太湖幽隐

归来幽隐太湖滨,十里烟波古树新。
遥望灵山春色好,桃花深处是何人。

七绝·空山幽隐

草堂风暖沐松荫,独坐庭前抚素琴。
莫道空山多寂寞,花香满院染衣襟。

五绝·风雷引

竹深无客至,明月入柴扉。
一曲风雷引,飞花落羽衣。

七绝·采药

碧瓦红墙绚晚晴,竹林深处紫云生。
道人采药无踪迹,一径天梯独自行。

七绝·春日吟

百年古树吐新芽，众鸟归巢醉落霞。
梦里家山何处觅，一溪春水映桃花。

七绝·苍山幽隐

浮云散去一身轻，幽隐苍山免送迎。
洱海无波尘事远，只邀明月共吹笙。

点绛唇·栖隐苍山

栖隐苍山，布衣芒履春秋度。不知寒暑。闲看蜻蜓舞。
翠竹黄花，胜境寻仙侣。觅幽趣。落红如雨。尽我逍遥处。

点绛唇·桃花院

碧瓦红墙，白云深处风光秀。溪边赏柳。风暖多蝌蚪。
满院桃花，香染青衣袖。读经咒。玄机参透。日月为吾友。

五绝·丹东江桥

远山皆黛色,白鹭上晴空。
春水明如镜,江桥落彩虹。

七绝·武当幽居

万丈丹崖百尺松,武当金殿白云封。
功名利禄随风去,满院春花香溢浓。

七绝·东篱赏菊

东篱赏菊拾松子,满院黄花映紫霞。
独坐书斋听鸟语,秋风伴我读南华。

七绝·道人舞剑

道人舞剑竹林中,瓦鼎青烟无影踪。
尘念皆抛天地外,闲云飘过两三峰。

楼上曲·终南山居

长卧终南山色里,悠然淡看风云起。闲坐林间读楚辞,常观翠鸟攀杨枝。

花落清溪随水去,拾得灵芝松根煮。一蓑烟雨绝尘埃,玄机参透赴瑶台。

楼上曲·逍遥

闲坐庭前车马少,琴书做伴无人扰。遥看春花落小桥,山猿野鹤皆逍遥。

踏遍浮云尘事远,日暖风和人慵懒。孤然一性觅天真,清风明月满乾坤。

五绝·归来

地僻尘嚣远,花深瑞草齐。
归来人未老,竹院自幽栖。

五绝·春山闲居

野鹤落清溪,春山秀竹齐。
尘埃飞不到,时有早莺啼。

七绝·夏日幽居

琴音入耳竹荫凉,怀抱经书觉昼长。
俗念不生窗几净,息心默坐一炉香。

七绝·青城山居

竹海云深鸟不惊,尘埃落尽隐青城。
三清胜境寻仙侣,花落清溪做雨声。

七绝·山林诗情

满院春花映夕阳,闲寻新句坐幽篁。
笔端常写山林趣,一片诗情伴墨香。

七绝·琴上听泉

满屋诗书抵万金,闲来轻抚七弦琴。
清歌一曲听泉引,千古烟云无处寻。

七绝·仙人抚琴

独坐庭前花影深,流泉入耳洗尘心。
山中野鹤传音信,邀得仙人来抚琴。

七绝·归元

一卷坛经远俗喧,三千妙法尽归元。
庭前柏树无言语,终日山僧独闭门。

七绝·春日吟

琴书相伴复何求,闲看浮云任去留。
一夜春风花落尽,百年皆是梦中游。

七绝·武当山居

幽居空谷不知年,独坐松云抚七弦。
太古遗音无限意,紫霄宫里悟前缘。

更漏子·闲情

卧松云,人慵懒。物外有何牵绊。看鹤去,抚瑶琴。桃源不必寻。

车马慢,灯火远。幽谷日和风暖。金不换,一身闲。天心共月圆。

更漏子·道情

听松风,观飞瀑。俱是真常清福。与童子,弈围棋。琼花落羽衣。

青云上,幽兰赏。竹院风清月朗。悟妙道,了前因。山中降紫云。

忆少年·逍遥

无来无去,无牵无挂,无忧无虑。观云起云灭,看黄莺飞舞。梦里蓬莱寻道祖。骑白鹤、满天花雨。幽香染衣袖,正我逍遥处。

忆少年·繁花

一池春水,一轮明月,一炉烟火。观蜂蝶飞舞,摘山中鲜果。采药归来松下坐。悟前生、本来无我。烟云过尽处,看繁花万朵。

七绝·峨眉山居

坐看流泉卧看松,一琴一剑远尘踪。
白云深处无人至,夜宿峨眉听晚钟。

七绝·水云居

道人只爱水云居，闲坐松窗读古书。
满院梨花如落雪，唤来童子对仙棋。

七绝·溪山雨霁

溪山雨霁绿荫成，独坐空亭眺晚晴。
雀跃莺啼人欲醉，繁花落尽紫云生。

五绝·山居

尘事有千变，浮生难百年。
山中风月好，无事小神仙。

七绝·笔底烟云

蛙唱虫鸣车马少，常濡淡墨写青山。
长安旧梦随风去，笔底烟云自得闲。

七绝·采药

古木藤萝作四邻,山中采药觅奇珍。
寻师误入云深处,只见桃花落水滨。

锦帐春·忘机

春水煎茶,微风和煦。寂然忘机恬然度。故人遥,芳草绿,久作长安旅。何时归去。

竹下泉边,白云鸥鹭。抚琴舞剑皆雅趣。远浮名,无毁誉。看落红无数。无风无雨。

锦帐春·无忧

燕舞莺歌,日和风暖。读书抚琴人慵懒。幻缘空,尘念绝,看云舒云卷。了无羁绊。

世事无常,俗尘皆幻。利名远离无挂牵。坐庭前,天色晚。赏春花满院。无忧无倦。

七绝·春日山居

翠竹千竿绕石墙,山前茅舍沐晨光。
蜂飞蝶舞无人至,一树梨花满院香。

七绝·崂山幽居

太清宫里春光好,唤得仙童来弈棋。
花落青衫天地阔,此中妙趣有谁知。

七绝·空山默坐

蒲团默坐道心长,满院兰花自在香。
莫说空山无故友,天边常见雁成行。

五绝·晚春暮雨

暮雨拂青竹,花香人欲眠。
不闻尘俗事,高卧万山巅。

七绝·崂山幽隐

庭院花深覆草庐,听松观海碧云舒。
崂山幽隐寻仙侣,雅趣从来不在渔。

七绝·松花酿酒

几朵祥云过草堂,庭前幽竹点秋霜。
山中岁月无多事,闲拾松花酿酒浆。

五绝·寒山月夜

寒山无客至,故友是梅花。
月照庭前雪,红炉煮素茶。

七绝·山中春色

不闻世事读南华,心系三清扫落花。
最是山中春色好,白云深处道人家。

燕归梁·天真

只见桃花不见人。书斋养天真。浮名从未绊闲身。繁花落、尽归尘。

炉香乍热,琴音悠远,无事即良辰。梦中骑鹤戏麒麟。好风月、自相亲。

燕归梁·闲情

幽谷无人自在行。梧桐落黄莺。春花秋月伴闲情。拾芝草、做汤羹。

京华旧梦,随风而去,庭院遍琼英。山中草木自枯荣。松云上、弄琴筝。

七绝·四时春

松竹梅兰皆故人,院中尽赏四时春。
案前常有书千卷,心上毫无半点尘。

七绝·闲坐书斋

闲坐书斋读古诗,梦中采菊入东篱。
何时长做桃源客,邀得仙人来弈棋。

五绝·蝶梦

浮生梦一场,世事尽沧桑。
富贵如朝露,庄周蝶梦长。

五绝·秋山幽居

庭前青竹瘦,窗外菊花黄。
飞鸟落苔径,闲云过草堂。

五绝·山居

山中风月好,花落满苍苔。
众鸟庭前过,泉声入耳来。

五绝·墨戏

真心如满月,清净似琉璃。
笑看风云起,丹青戏墨池。

五绝·桃花院

燕舞桃花院,黄莺落草丛。
山中何所得,闲坐对春风。

五绝·听松

幽谷蝶蜂舞,听松尘念消。
春风皆过客,云上自逍遥。

五绝·寻仙

幽谷遍云雾,仙人不可寻。
风中松子落,竹下早莺吟。

五绝·归去

归去踏明月,泉声伴我眠。
山中无甲子,往事尽如烟。

七绝·闲情

竹下泉边寄此身,心头无事即良辰。
他年骑鹤乘云去,愿作蓬莱座上宾。

七绝·春云叠嶂

茅屋三间傍水居,春云叠嶂落花迟。
山中近日客来少,明月清风尽入诗。

七绝·松涧听泉

道人采药白云间,松涧听泉尽得闲。
读罢南华无一事,临风坐看万重山。

七绝·溪山幽隐

幽隐溪山妙趣多,闲观明月忆嫦娥。
花开花落云来去,古渡斜阳映碧波。

七绝·苍山幽隐

一池春水映云泥,庭院花深众鸟啼。
幽隐苍山无长物,千竿翠竹与天齐。

七绝·日落花溪

竹林深处彩云飞,日落花溪众鸟归。
古寺钟声无觅处,青烟几缕入斜晖。

浪淘沙令·山居

翠竹绕柴扉。燕舞莺啼。深山幽谷采灵芝。田野飘香人欲醉,佳果低垂。
晨露湿青衣。风拂杨枝。浮云踏遍未曾迷。蝶舞虫鸣春色好,日照花溪。

浪淘沙令·清欢

　　静坐一炉烟。遥望前川。书斋独坐远尘喧。云水三千皆入画,尽享清欢。

　　花落海棠湾。顿悟幽玄。安然自在度流年。人在山中无俗虑,即是神仙。

七绝·春日山居

　　人在深山远利名,落花满院月无声。
　　茶香袅袅书千卷,一榻春风梦亦清。

五绝·独钓

　　溪边一钓翁,独坐小桥东。
　　日暮天低处,桃花沐暖风。

七绝·黄山幽居

独步黄山第一峰,白云深处觅仙踪。
松间积雾随风去,十里花香分外浓。

七绝·天台山居

紫云古洞与天通,独坐丹崖萧寺中。
翠竹深深无客至,山花摇落一溪风。

七绝·崂山幽居

太清宫里远尘寰,飞鸟孤云自往还。
听雨煮茶风月好,万千俗事不相关。

七绝·九华山居

百岁宫中常闭关,云遮雾障九华山。
炉烟袅袅随风去,古寺依稀翠竹间。

七绝·山中清趣

观雨听泉自在身,松间独坐养天真。
诗书一卷人声杳,猿鹤皆为座上宾。

七绝·夏日山居

三亩方塘千朵莲,数间茅舍起炊烟。
蛙声鸟语共明月,世外桃源在眼前。

七绝·庐中幽趣

独坐茅庐晓古今,山中猿鹤是知音。
身闲不羡长安客,世上何人会此心。

七绝·草堂幽居

听松观雨草堂凉,读诵坛经觉昼长。
莫说本来无一物,炉烟散去梦留香。

七绝·春日幽趣

独步溪边闻鹧鸪，桃花如雨胜珊瑚。
雾中古寺钟声杳，远处青山淡似无。

七绝·仙山春晓

瑶草奇花座上观，庭前翠竹几千竿。
心闲意淡无尘累，他日瑶台驾紫鸾。

七绝·春山读易

幽人读易坐凉亭，满目春山草木青。
只见白云来又去，繁花渐落散余馨。

七绝·春山幽隐

蔬果菌菇设盛筵，春山幽隐尽陶然。
花香竹影书千卷，梦里骑龙上九天。

七绝·抚琴

独坐书斋奏广陵,庭前花落月初升。
琴音散去心尘绝,妄念皆空似老僧。

采桑子·忘机

松花瑶草机心忘,无有尘劳。无有尘劳。冷月如刀、深夜读离骚。

山中莫问红尘事,自在逍遥。自在逍遥。听雨观云、独坐奏清箫。

采桑子·归去

南山归去吟风月,人在天涯。人在天涯。步履芒鞋、云水尽为家。

清闲不羡公侯位,醉卧烟霞。醉卧烟霞。参透玄机、眼底遍繁花。

五绝·紫阳观

春至紫阳观,青山多白云。
落花随水去,世事未曾闻。

五绝·普陀山居

古寺斜阳暮,青山映白鸥。
普陀春色好,东海泛渔舟。

七绝·春山闲居

遥望春山似凤凰,繁花满院尽朝阳。
丹青妙笔写丘壑,纸上烟云醉墨香。

七绝·笔底江山

丹青不染世间尘,笔底江山吾自珍。
明月清风皆入画,梅兰竹菊尽长春。

七绝·雨后春山

雨后春山万木新,青天如洗净无尘。
庭前花落随风去,闲看松间月一轮。

七绝·弦上听泉

庭前月影落松荫,童子焚香抚素琴。
弦上听泉尘事远,鸟鸣蛙唱和仙音。

五绝·风雅

庭院春花落,蝉声绕竹枝。
庐中风雅事,月下作新诗。

五绝·春山闲趣

春山花落去,晨露湿茅庐。
竹下品香茗,园中拾果蔬。

七绝·山中幽趣

山中莫问何年月,冬去春来草自青。
静夜听钟尘梦醒,松林塔影过流星。

五绝·春山

竹院清风暖,春山花落时。
庐中何所有,明月照琼枝。

五绝·云山墨戏

最是逍遥处,云山墨戏时。
桃花庵里客,今世有谁知?

七绝·普陀幽居

朝礼观音宿珞珈,春花古树吐新芽。
渔舟夕照归来晚,千里烟波映紫霞。

七绝·春山闲居

春水无波拂柳枝,深山古寺落花迟。
僧人不问红尘事,心有明珠谁得知?

五绝·雨后

幽林风雨后,溪涧泛桃花。
独坐看云起,苍苔落晚霞。

七绝·画里桃源

毫端尽赏四时春,淡墨烟云满目新。
画里桃源寻旧梦,青山不染世间尘。

七绝·忆达摩祖师

三千云水奏清音,一席蒲团坐少林。
面壁九年无可得,嵩山明月照禅心。

七绝·空谷幽居

鸟鸣蛙唱唤晨曦,庭院花深睡起迟。
空谷幽居无寂寞,瑶琴弹罢写新诗。

五绝·忘归

松间抚七弦,溪上月初圆。
坐久忘归去,苍苔落紫烟。

七绝·水月

镜花水月几人知,定慧双修见等持。
万劫尘埃皆落尽,灵山塔下觅新诗。

眼儿媚·清虚

孤月寒潭步清虚。心上有明珠。抱琴看鹤,参玄悟道,真乐无余。

蒲团一席无长物,天地是吾庐。松间闲坐,花开花落,云卷云舒。

眼儿媚·归去

苍竹幽兰掩柴门。世事未曾闻。南华一卷,清虚恬淡,遥望昆仑。

溪边坐看云来去,瑶草绿如茵。何时归去,三清胜境,长伴天尊。

五绝·作画

云山皆入画,笔墨写清奇。
终日丹青伴,无人笑我痴。

七绝·笔写春山

且喜无家自尽欢,三千云水入毫端。
流泉飞鸟桃花涧,笔写春山天地宽。

七绝·忆慧能大师

坛经一卷启心灯,妙法菩提打葛藤。
万劫尘埃无觅处,南华古寺月初升。

七绝·武当山逍遥谷

我本瑶台座上宾,奈何转世忘前因。
此生长住逍遥谷,万树桃花入梦频。

七绝·冬日山居

松茸枸杞煮人参,香雪煎茶抚素琴。
冬日山居无客至,梅花满院养心神。

七绝·雾锁清溪

雾锁清溪不见鱼,桃花深处是吾庐。
浮云散去无何有,翠竹千竿万卷书。

七绝·山静日长

庭前独奏大胡笳,满院春风扫落花。
山静日长无别事,诗书半卷一壶茶。

五绝·雅事

春水似琉璃,黄莺落柳枝。
庐中风雅事,月下独吟诗。

五绝·虚无

金菊满京都,秋山草未枯。
听松观瀑落,独坐入虚无。

五绝·崆峒山

雨后上崆峒,危崖落彩虹。
天梯云中挂,松下遇仙童。

七绝·采药

武当山上碧云寒,拾得灵芝做药丸。
道炁常存观物妙,梦中骑鹤谒仙坛。

七绝·峨眉幽居

水月光中寄此身,峨眉胜境悟前因。
梦游华藏庄严界,花雨缤纷不染尘。

七绝·普陀幽居

紫竹林中闻夜莺,梵音缭绕晚钟鸣。
经书一卷无余事,卧枕松涛听雨声。

七绝·崂山栖隐

太清宫里养天真,栖隐崂山远世尘。
观海听云参妙道,千金难买一闲身。

七绝·笔底潇湘

一人一剑一渔舟,纸上林泉真意收。
笔底潇湘烟水阔,落霞孤鹜一江秋。

七绝·问道

古树盘根似卧龙,山深无处觅仙踪。
道人不问红尘事,闲看浮云过险峰。

七绝·悬空寺

千年古寺半空悬,一径天梯在眼前。
独步恒山孤绝处,春花如雪益娇妍。

七绝·溪山雨后

雨后溪山草木青,闲书半卷坐空亭。
一湾碧水明如镜,万壑松风入耳听。

纱窗恨·雨后崂山

崂山雨后秋风冷。月如灯。太清宫里心清净。诵金经。
远尘事、看云来去,潮起落、雁过无声。醉卧烟霞,任闲情。

纱窗恨·云山墨戏

云山墨戏无羁绊。远尘喧。月圆花好春风暖。水潺潺。
笔尖上、有竹兰菊,桃源洞、野鹤林泉。独坐书斋,尽清欢。

七绝·春山闲趣

陌上云烟拂柳丝,春山风暖夕阳迟。
忽来一阵杏花雨,满院幽香尽入诗。

七绝·春水渔舟

桃花飞入太平湾,江渚沙鸥人共闲。
吟罢渔歌无一事,夕阳斜照万重山。

五绝·春山闲居

山静松声远,风清花气香。
池塘春水暖,童子戏鸳鸯。

七绝·听雪

幽居空谷远尘寰,满院梅花展笑颜。
邀得知音听雪落,弦歌雅集共消闲。

五绝·听瀑

独步松林下,空山景物幽。
悠然听瀑落,石上碧溪流。

七绝·兰香院

清风吹彻碧云寒,梦里乘龙谒紫坛。
最是山中秋色好,花香满院遍幽兰。

五绝·溪山行旅

山深难至处,麋鹿自成群。
瀑落惊飞鸟,孤峰映白云。

五绝·书斋雅事

书斋听暮雨,默坐一炉香。
沐手抄经卷,荷风送晚凉。

七绝·听松观瀑

独步幽林自尽欢,听松观瀑立云端。
苍崖古寺无人至,花落清溪山月寒。

七绝·春江渔隐

花落春江逐水流,何时归去泛渔舟。
余生不问红尘事,万里烟波得自由。

七绝·春山秀色

千年古寺傍花溪,万壑苍崖野鹤栖。
雨后春山多秀色,一池碧水映虹霓。

七绝·月夜赏荷

蛙鸣鱼戏弄清波,暑气微消凉意多。
风过池塘香满院,举杯邀月赏新荷。

七绝·崂山幽隐

寻师访友觅神仙,幽隐崂山结妙缘。
落日归帆烟水阔,沙鸥云影共陶然。

五绝·林下会友

林下会师友,相谈竹石间。
溪边浮鹤影,暮色染青山。

烛影摇红·山居闲趣

漫步林间,一潭清水鱼儿戏。蛙鸣鸟语共欢歌,日落炊烟起。

山药菌菇枸杞。煮时蔬、红炉鼎沸。夜空如洗,竹荫清凉,泉声入耳。

烛影摇红·笑傲林泉

笑傲林泉,鸟鸣鹤舞花溪畔。万千尘事尽如烟,栖隐桃花院。

坐看浮云聚散。任逍遥、山长水远。不闻世事,自在从容,心清体健。

七绝·书斋墨戏

山中雨后竹荫凉,几只黄莺落海棠。
独坐书斋无别事,常濡淡墨写潇湘。

七绝·春山暮色

桃花如雨落青衣,十里春风入翠微。
几缕炊烟闻犬吠,一轮山月伴人归。

第二部分 山水游记

武夷山中遇奇僧

在武夷山，如果你有缘分，会遇到一些很神奇的僧人，他们活得如同神仙一般潇洒自在，有趣又可爱。

在福建的西北角，坐落着世界文化与自然双重遗产武夷山。许多文人墨客在此留下印迹，成就了一番文化盛举。碧水绕丹山，千古儒释道。儒释道三教在此共生，相互独立又互相补益。万里茶道在这里开启，转运茶叶的儒商以信立行，走向世界。武夷山九曲溪水流不绝，朱熹当年刻在响声岩上的四个大字——"逝者如斯"，依旧清晰。无数先贤都曾泛舟于此，和歌饮茶，又顺流隐入那万水千山。

武夷山宗教文化兴盛，随着《山海经》的古老神话进入中华文明文化长廊中的武夷山人文遗风更值得世人探寻和回味。道教在武夷山有深厚的传承基础，秦汉以来，武夷山是历代方士羽客隐遁之所，山中各个峰、岩、景点，都融入了道教文化不同程度的印记。武夷山道教最具代表性人物当属南宋时期白玉蟾。据白玉蟾《武夷集》以及《武夷山志》等书记载，魏晋以来，先后有娄师钟、薛邴等著名道士来此隐居，留下众多修炼遗迹，如换骨岩、仙迹岩、仙浴潭等，可谓"崖崖壑壑竞仙姿"。于是一座座宫观矗立而起，其中最有名的有武夷宫、止止庵、桃源观等。武夷山的道教文化近代逐渐衰落，佛教文化日益昌盛，目前全山最有影响的两个寺院是天心永乐禅寺和白云寺。这两座寺院高僧辈出，有缘的话，就会遇到像神仙一样的世外高人。

天心永乐禅寺位于武夷山风景区中心、天心岩东南麓，是武夷山风景区内最大的佛寺。"天心永乐"蕴藏禅语"天心明月""回向菩提"和"极乐世界"的寓意。相传始建于唐代，多次损毁、重修。1985年重修后对外开放。寺院规模宏大，气势雄伟，建筑面积10000平方米，可容纳僧人100余人，其风格与自然景观相容，为仿宋垂檐建筑。这里群峰峭拔，古树参天，禅寺内梵音清越、钟鼓齐鸣，处处充满禅机。"天心原佛国碧水丹山开法界，永乐本禅居清风明月皈真如。"这幅镌刻在天心永乐禅寺山门石柱上的对联，表明了佛教在武夷山悠久的文化历史背景中所占据的重要地位。近代高僧弘一法师的偈语"华枝春满，天心月圆"正是对天心寺的最好诠释。

三年前，我去武夷山天心永乐禅寺云游，时值大雨又没有带伞，只得在寺庙内斋堂避雨，游客纷纷散去，只剩我与老和尚一人。老和尚主动与我攀谈，他看起来有七十多岁，说是黑龙江人，在武夷山修行几十年了。关于佛法修行的心要，他讲了很多独到的见解和观点，令人很有启发。

关于佛法与世间法的关系，他说，真正的修行人，是不应该贪图世间福报的，福报在他看来，即为枷锁。世间福报，如权力、金钱、名声、情感等等，皆为枷锁，切莫贪恋和执着。每多一种福报，相当于多了一根捆绑自己的绳索，让自己的心不得自由。修行人，应该万缘放下，不应该贪图过多福报。关于修行与做善法的关系，他的观点也很独到。他认为，有些修佛之人，执着于修善，比如放生、建庙、供灯、做种种供养等等，这些行为均为善法，善法虽好，但不应执着。善法与修心同等重要。修行的最终目的，还是证悟自心，如果光有善法，而心性上无有改变，顶多是培养了很多世间福报而已，是不究竟的。我问他：人应该结婚吗？他回答：对于修佛之人来说，婚姻纯粹是浪费时间。修佛之人，就好像在大河中游泳，一个人努力游了一辈子，都未必能从此岸游到彼岸，为何身上还要再背一个大石头呢？我问他：修佛多年，未见进步怎么办？他说：继续坚持就是了，不要退转。如果每天都在坚持，一定会有进步的，只是自己没有察觉而已。比如一只手，我们目前只能看到手心，将来有一天，我们会看到手背的，圣者与凡夫所见的境界，其实是一体两面而已。当有一天，我们开悟了，世界还是原来的世界，只是我们能看到的境界不一样了。他跟我聊天聊了两个多小时，他说平时跟普通香客是不会聊这么多的，只是劝人行善罢了，今日见我，觉得与我有缘，就多聊了一会儿。我问他的名字和联系方式，却是婉拒，只是说让我有机会再来武夷山，有缘自会相见。这个老和尚在我心中，一直是一位神仙一样的人物，每次回想起他的话，都有很多思考和感慨。

沿着天心永乐禅寺继续向上攀爬，就是白云寺。白云寺其实是一座尼众寺院，位于白云岩的峰腰。九曲筏游时骋目北望，可以看到构筑在溪北白云岩的这座同名古寺庙。寺庙的形态跟北岳恒山的悬空寺有几分相似。白云寺是武夷山地理位置最高的寺院，位于一层层茶山之上，开车的话，停在一个叫燕子坞的地方，拾级而登即可到达。寺院终年云雾缭绕，一半藏于岩洞中，一半则利用山势用杉木支架，宛如空中楼阁，现有出家师父十人左右。寺的尽头，经一段奇险小道，可至一个岩洞，洞中建有康熙三十八年(1699)立的漳浦梁山洞玄师祖舍利塔。洞外的绝壁山崖上，有乾隆年间众居士赠予住持捧日大和尚的岩刻"极乐国"。"极乐国"是悬崖下的一个山洞，可以容纳四五人站立，但需弯腰爬行方可到达。在"极乐国"遇到一位比丘尼师父，她沿着一条极窄的石径前行，一侧便是万丈山崖。我担心她的安全，问她要去哪里？她答道要去下一个山洞打坐诵经，她解释说那个山洞很小，只能容纳一人坐着，也很危险，一般的游客根本到不了，所以很清净。我当时呆呆地望着她，竟然有一种快要落泪的感觉，就像你一直在喝着污浊的水，突然有一天，你发现了一处清澈的水源，以前的浊水竟再也无法饮用。

在武夷山，只要有缘，你总会遇到很神奇的僧人，他们看起来如同神仙一样自在，他们活得跟我们不一样。

第二部分　山水游记

鸡足山中的隐修者

　　鸡足山，位于云南大理宾川县，被称为第五大佛山，藏传佛教的信众相信，人的一生里，如能朝圣鸡足山三次，那么他在往生的时候，灵魂就能回归佛国乐土。每一年，从全国各地来鸡足山的信奉藏传佛教的朝圣者们，纷至沓来。他们认为一生当中要转一下梅里雪山，然后再朝拜鸡足山，这是他们最大的心愿。所以，鸡足山在藏传佛教当中，是名副其实的佛教圣地。山顶天然绝壁形成的石门——华首门据说是释迦牟尼十大弟子之一的迦叶尊者入定的地方。传说唐朝中期，鸡足山有一位名叫小澄的和尚与另外两个僧人同住在华首门旁的一小庵内修行。有一天，小澄和尚进城归来，向同住庵里修行的两位僧人要斋遭拒，小澄和尚转身来到华首门前，轻叩华首门，随着一声惊天动地的隆隆响声，华首门慢慢地打开了。小澄和尚走进华首门，那两位僧人悄然大悟，原来小澄和尚是迦叶尊者的化身，便追呼而去，没想到他俩刚到华首门前，门就关闭了，他俩无法进去。因此追悔不已，悲痛万分。清朝光绪年间，虚云长老三次上鸡足山，重振宗风，鸡足山名扬海内外。

　　鸡足山相比中国其他四大佛教圣山，它的佛法弘扬和佛教传统文化的建设，都有着自己独树一帜的特点。其中，最具代表的就是大迦叶尊者，一生倡导并身先力行的头陀十二行的法脉家风。迦叶尊者以苦行而闻名，他一辈子都非常严格要求自己，严苛地遵守戒律。正是这一种苦行僧形象的树立，也构成了佛教史上举足轻重的一股清流。每当佛教变得过度城市化，越来越世俗化的时候，总会有一些出家人站出来说：不，这条道路走错了，当年佛陀教导我们修行之路不是这样的。与此同时，他们心目中就想到当年迦叶尊者的苦行。

六年前，我云游至鸡足山，被这里的密林、飞瀑、古寺以及纯净气场深深吸引。跟其他佛教名山不同，这座山几乎没有酒店，全山只有一座宾馆——鸡足山宾馆，也没有商铺一条街或者专门的商店兜售旅游纪念品，只有零星的几个摊位，当地山民煮着玉米、土豆、米线和茶叶蛋等售卖，几乎没有任何商业气息，这在佛教名山中是很罕见的。山上古树众多，遮天蔽日，树林很高很密，跟东北的长白山可以媲美。雨后，很多蚯蚓就会爬上路面，那些蚯蚓的个头大约是我平时见到的几倍，又长又粗，吓得我不敢走路。山上有瀑布，走到哪里，都能听见水声和鸟鸣，非常惬意。山上猿猴众多，也不怕人。一个人在山中行走，心境澄明、妄念皆空，越发觉得红尘虚妄，权力、金钱、名声、情感等等，并非恒常也并非实有。若因缘际会，万千华服简化为一袭僧衣，冬日煮雪烹茶，夏看清泉流淌，可谓真清净与大自在。

一天下午，独自在林中散步，在空心树中偶然发现了一个隐修者，也就是传说中鸡足山中的苦行僧。此人年龄大概二十多岁，不住寺院，在山洞或者茅棚中隐居，闭关修行。鸡足山中像这样的苦行僧还有很多，他们大多是住在后山人迹罕至的地方，他们坚守着头陀的苦行精神，日中一食，长年打坐，很少躺卧。这位僧人常年在树洞中隐修，我与他交流了四个小时的佛法，相谈甚欢。我请教他禅宗与净土宗的区别，他答：禅宗一脉在末法时期，基本上没人，只剩下净土宗念佛的人，净土宗是从有相归入无相的法门，是方便法。参禅是要通过提一个问题起疑情，比如：我是谁？念佛者是谁？父母未生我之前本来面目？而净土宗只要坚持念"阿弥陀佛"或者"南无阿弥陀佛"即可，简单很多。我问他：为何要起疑情？作用是什么呢？他答：起疑情是为了制心一处，当一个人能够时时刻刻制心一处，意味着他能够正念相续，清净心相续，所以就很容易开悟。我问他：开悟了是什么感觉？能描述一下吗？他答：无法描述。人对世界的认识取决于六根，即眼、耳、鼻、舌、身、意，而由于六根的限制，人对世界的认识是有局限性的。所以，"眼见为实"这句话是经不起推敲的。比如，蝌蚪与青蛙属于同一个物种，但是蝌蚪只能看到水塘中的世界，而青蛙可以看到陆地上的世界。无论青蛙如何努力描述陆地上的境界，蝌蚪也是无法理解的。当有一天蝌蚪成长为青蛙，它就会跳出水塘，它的境界自然就不同了。我问他：每天这样参禅，能成佛吗？他答：只要我坚持，终有一天，我会成佛的。这一世若没有成就，我下一世继续修行；下一世若未成就，我下下世继续修行，只要我不退转，我一定会成佛。我问他：迦叶尊者在华首门里面入定，如何能见到他呢？他的肉身能够长存吗？他说：你在鸡足山中见到的僧人，有可能就是迦叶尊者的化身。尊者的法身长存，肉身是不会长存的。但是，对于圣者而言，色身与空相，是可以自由转换的。《西游记》里的很多场景有可能都是真的。另外，时间也是相，如果一个人真有境界，没准可以看到佛陀还在灵山会上说法，尊者拈花微笑。

  他说的东西越来越深奥，我基本听不懂了，只好问最平常的生活问题。我问他每天吃什么？他说是罗汉粥，所谓的罗汉粥，就是米和菜一起煮，加上少许盐即可。我问他能吃饱吗？他说吃不饱的话，就少吃点。我跟他的交谈引起了林间过往游客们的好奇，有几个人凑近围观，他又给大家讲了生命无常、轮回是苦的道理，劝大家珍惜时间，好好修行。一位男游客问了一个尖锐又刁钻的问题：和尚难道就不想女人吗？怎么能做到清心寡欲呢？他答：多念楞严咒就可以，楞严咒是楞严经的精华，威力无比，功德巨大，也有离欲的作用，经常念诵就没有欲望了，而且研楞严经会得到楞严大定。那人问：楞严大定是什么呢？他笑答：那是开悟的境界，跟你说你也不懂。我看着眼前这位年纪轻轻的法师，觉得他和时下社会中二十几岁浮躁的年轻人相比显得格格不入。

  这位隐修者对我很是信任，带我参观了他自己在桥下搭建的一个简易闭关棚，没有门窗，只有简陋的被褥，非常清苦，令我倍感惊讶和敬佩。我相信，在这个世间，有少部分人，他们会通过某种修行方式，发现宇宙和生命的真相。比尔·波特在《空谷幽兰》一书中告诉人们：隐士并不神秘，只是自我生活方式的一种选择。不论我们身在何处，只要我们心中有桃源，我们就能于低眉间回归桃源，就能找到灵魂的栖息地。

云门寺的传奇故事

云门寺，公元 923 年由云门宗始祖六祖慧能九传弟子文偃禅师所建，位于广东省乳源县城北面 6 公里的慈云峰下，是我国佛教禅宗五大支派之一云门宗的发祥地，也是全国重点寺庙之一。

1943 年，近代名僧虚云从广东曹溪来到云门寺，见古寺年久失修，残破不堪，但文偃祖师肉身犹存，就发愿重兴云门宗祖庭。

在虚云法师的努力下，云门寺先后修建了殿堂楼阁 300 余间，雕塑佛菩萨圣像 100 余尊，并安禅传戒，演教弘宗，使梵宇重光，钟鼓重鸣，宗风重振。

从 1953 年起，虚云法师的入室弟子佛源继任云门寺方丈，实行农禅并重，以寺养寺。"文革"中停止佛教活动。1983 年国务院确定云门寺为汉地佛教全国重点寺院，受到政府的重视和保护。佛源法师回到云门，重修寺庙，再塑佛像，恢复佛教的传承。

云门寺依山而建，非常宏大，从山门进去以后，有天王殿、大雄宝殿、法堂、钟楼、禅堂、斋堂、教学楼、功德堂、延寿堂等。整座建筑物除放生池外，殿厅堂楼等共 180 余处连成一体。距离韶关市区约一个多小时的车程。

在云门寺，我遇见了一位擅长书法的僧人，他给我讲了关于憨山大师与书法的传奇故事，现与诸君分享。

明末的憨山大师不仅具有很高的学术造诣，而且还是一位杰出的书法家。他的行草书秉承"二王"传统，凭借自己的学识修养和禅学功底，形成了自己自由散淡、端庄静雅的个性化书风。憨山大师博学多艺，精通诗文，擅长书法。他创作的诗歌构思巧妙，别具匠心，禅意深邃。书法笔力劲健，柔中显刚，线条圆润灵转，结体正直通达。

启功先生认为憨山的书法远高于董其昌。原因在于，董其昌尚停留于"无我"之境，而憨山德清已臻至"真我"之境。憨山大师在中国佛教史、思想史、文化史和哲学史上都有着重要的地位和影响。他的肉身像，至今与禅宗六祖慧能的肉身像，并列供奉于广东曹溪南华寺。

明中叶，自明宣宗至明穆宗共一百多年，佛教各宗派都衰微不振。自明神宗万历时期，佛教中名僧辈出，形成了佛教在中国重新复兴的繁荣景象，憨山、云栖、紫柏、蕅益四高僧便是其中的佼佼者。

憨山，法名德清，字澄印，别号憨山。明末"四大高僧"之一，金陵全椒县古蔡浅人。俗姓蔡。受母亲影响幼结佛缘，7岁时，钟爱他的叔父病死，憨山开始思索生死去来的问题。9岁，常随母亲至寺院礼佛，能背诵《普门品》。12岁寻佛金陵报恩寺，19岁削发为僧，到栖霞山学习禅法，后又学净土宗的念佛法门。

他在广东弘扬禅宗，并到六祖慧能的曹溪宝林寺说法，主张禅宗与华严宗融合，佛、道、儒三教合一，为当时人们所赞同。憨山在粤五年，竟名满大江南北。随后，憨山获准回牢山海印寺，著有《法华经通义》《庄子内篇注》等十余种，涉及佛道儒三教，其门徒还汇篇了《憨山梦游集》五十五卷、《憨山语录》二十卷。

憨山大师一生致力于佛教研究，著作累累，弟子万千，78岁圆寂。至今肉身尚存南华寺，为后人瞻礼赞叹。

憨山大师书法，考其渊源，精学晋唐诸帖。中年因人生挫折，辗转流离，内心悟道精进，达自由达观的境界，书风更近宋代的书家苏、黄、米、蔡，形成了独具特色的个人风格。

初唐书家推崇并盛行"二王"一派的晋人书风，特别是王羲之的行书因为帝王所好，已被定为一尊。况且他们的书法确实也到了极高的艺术境界。他们的行书作品墨迹淋漓，清秀俊逸。虞世南典型地承续了王羲之书法笔意飘逸、清秀雅静的风格。其书法刚柔并重，骨力遒劲，与欧阳询、褚遂良、薛稷并称"唐初四大家"。

憨山取法于虞世南、智永，上追东晋，取笔"二王"，尤其精得《兰亭序》神髓。用笔触遇生变、端庄灵动，结字相对独立，收放自如，又顾盼生姿。

憨山的书法做到了心手合一、由巧返拙、由拙生奇、由奇返朴的境界，源头乃是其高深的禅学修养和渊博的学识。古人云："腹有诗书气自华。"书法亦如此。

憨山大师又善行草，下笔平稳、含蓄凝练、秀润中和，于平淡中见功力。他的行草书婉畅多姿，变化多端。最为突出的特色为"空灵"，表现的是一种风度，一种最微妙、最飘忽的心情的变化。

他的书法，点画秀逸空灵，自然雅淡，结体端庄正直，浑融一体，荡涤了浮躁的凡俗之气，除去了刚强的凌厉之风。内容多谈人生悟道，实为艺术珍品，释家、史家、书法爱好者皆珍若拱璧。

梁启超珍藏的《憨山法师手书遗偈》用笔流转，收放有度，体态圆通，气势绵绵，有如高山流水，气度不凡，格调高妙。"一念忘缘寂寂，孤明独照惺惺。看破空中闪电，非同日下飞萤。"内容充满禅味，让人回味隽永。

启功先生认为，憨山德清与破山海明乃是明清书法家中造诣最高者，其书法笔法跟晋唐人的书法毫无二致，比文徵明和董其昌的书法更为精妙。

同时，启功先生亦有自注说明：

先师励耘老人每诲功曰，学书宜多看和尚书……明世佛子，不乏精通外学者，八法道中，吾推清、明二老。

憨山采王右军之潇洒风流的神韵以润大唐谨严宽博的风度，在书法艺术上形成了自己的风格。憨山大师的书法又是多面的，每幅作品都有不同风貌，捭阖纵横之外更有精妙绝伦的意趣。

他既能营造恢宏气势，又能使笔底的一切变得精妙细腻——既极广大奔放又致精微幽深。无论是用笔的流畅、多变、结体的和谐大方，还是章法布局的端庄协调，都臻于一种高妙的境界。

他又是极其轻松地似乎是在一种漫不经心的书写中将线条从自己的笔底缓缓地送出，一切都显得那样自然而又精密、完美。恰如一股清泉从山间缓缓而下，绝少火气和鼓噪之气，读来如行云流水一般，既有古意又有时趣。

所谓"古意者"，取王羲之儒雅的神韵；所谓"时趣者"，用王献之内擫笔法圆转引带，以消泯火气，不过分追求转折顿挫的变化，因而显得妩媚而不飘浮，或许此即是修行者心灵空间的呈现。

僧人与我相谈甚欢，结束时拿起纸笔为我现场书写了一幅字"一切有为法，如梦幻泡影。如露亦如电，应作如是观。"这幅字我一直挂在家里，视为珍宝。

墨韵茶香绕普陀

有一年，我在普陀山云游，在法雨寺参加了一场以"翰墨茶韵"为主题的茶会，社会各界嘉宾茶友、大德护法、信众居士约500人次缘聚一同赏翰墨、品香茗，写意茶中人生，品味传统文化的厚重深蕴和生命真谛。

不论是茶文化还是书法文化，都承载着中华数千年的悠久历史积淀，从喝茶到品茶，从赏墨到挥毫，无不蕴含着对人生和生命的思考。致力于传播中国传统文化的普陀山，这次为大家奉上了一场优雅而又充满禅意的赏墨品茗的精神盛宴。

微雨如丝，薄雾当空，山间古寺晚钟轻鸣。淡淡茶香流动，耳边禅乐悠长。伴随着悦耳的音乐在江南春天清新的空气中颤动，参加茶会的嘉宾们顿感整个身心都沉浸在这份深蕴的禅意和典雅中。

法师们沉稳大气，力注笔端，挥毫泼墨，凤舞龙飞，举手投足间尽显大师风范。笔酣墨饱之下，一个个大字苍劲有力，雄健洒脱。

此次茶会，以"翰墨茶韵"为主题。从清新怡人的西湖龙井（法净禅茶），到香气馥郁的铁观音，再到醇厚怡人的武夷岩茶，连续两晚温馨举行的茶会上，大家一边细品禅茶味，一边欣赏着极富中国传统文化的书法表演和江南特色的禅乐表演，对中国传统文化和佛教文化有了新的领悟和理解。我非茶道中人，平素饮茶也仅为解渴、解乏而已，但在"山间古寺晚钟梵音翰墨茶韵"的空灵之中，也突然有了一点点禅悟，安住当下，体味"听任庭前花开花落，坐看天上云卷云舒"的从容。万物皆合茶意，何事不蕴禅机？禅、乐、茶、墨，水乳交融，六根接六尘，六识皆起，于此中禅悟生命之可贵，佛法之永恒。

茶与禅本是两种文化，在其各自漫长的历史发展中发生接触并逐渐相互渗入，形成"茶禅一味"的禅茶文化。可以说，中国品茶之风始于寺院，盛行于寺院。唐宋之后，品茶之风更盛。然后，普及到文人、士大夫、皇宫贵族，直至广泛的社会大众。因此，也就出现了禅寺中的"茶堂""茶寮"。

禅茶是指寺院僧人种植、采制、饮用的茶。主要用于供佛、待客、自饮、结缘赠送等。宋代著名禅师圆悟克勤，著禅宗第一书《碧岩录》并悟出"茶禅一味"之道，"禅"是心悟，"茶"是物质的灵芽，"一味"就是心与茶、心与心的相通。

茶，兴于唐盛于宋。如果说在唐代饮茶是一种艺术，那么到了宋代，饮茶则融入了日常生活。茶画亦是如此，宋代茶画精细、优雅，圣人含道映物，贤者澄怀味象。

在茶会上，铺陈开那一整套的茶具，潜心想着要亲手泡制，享受一盏茶的醇香。虽然还是不谙茶道，但爱茶是真的，并且感觉光是将煮茶的过程认真过一遍手，已是一种享受。也许有时候，享受的不只是茶味，煮茶的过程和那种由茶带来的通体纯粹宁静的闲适，便可称之"静福"。静品淡茶，说"静"是因为可以暂时将身边的琐屑放下，将心里的烦杂排空。洗茶具，煮清水，听那壶盖发出的噗噗声响，闻那开水入壶时茶叶舒展弥漫瞬间飘溢的缕缕纯香，心可以随之安顿下来，回归自然状态。出汤斟茶，倒入小巧茶盏，端至唇边，轻轻呷上一口，一丝甘冽入心入肺，说不出的清新，由衷地感到快意。

茶道是中国传统文化的重要组成部分，有很多有意思的典故。从古至今，文人雅士的头等大事就是喝茶。做一小茶寮，安排一个童子泡茶，客人来了就"长日清谈"，没有客人就"寒宵兀坐"。煎茶烧香是非常高雅的事，不妨亲自动手做。如果与客人谈得正兴高采烈，就没法专心去泡茶、焚香。这时你要培养两个小童子做这事。喝茶是很清雅的事情，一定要非常漂亮的童子少女来泡，这样喝茶才有情致。如果让一个胡子邋遢的老头来做这件事，氛围就令人很不舒服，即便是有好茶也泡不出味道。这是对泡茶童子的要求，手要常常洗，指甲要常常剔，并且要有礼貌。要审时度势，啥时该泡茶，啥时该上茶点。要聪明伶俐，要请示主人。还要长得好看，长得丑也不能泡茶。因此，做一个茶人是很难的。

客人太多的时候，不适合喝茶，只有和意气相投并有真性情的人在一起的时候才可以喝茶。《茶寮记》里面对茶侣（喝茶的伴侣）提出了要求："翰卿墨客，缁流羽士，逸老散人，或轩冕之徒，超轶世味。"意思是，文人、和尚、道士等特别有修养的人才能在一起喝茶。明代高元濬《茶乘拾遗》里面说："俱有云霞泉石、磊块胸次间者。饮茶以客少为贵，客众则喧，喧则雅趣乏矣。独啜曰幽，二客曰胜，三四曰趣，五六曰泛，七八曰施。"喝茶一定要素心同调之人，而且喝茶以人少为好，人多了就没有雅趣了。

明代黄龙德的《茶说》也谈到茶侣:"茶灶疏烟,松涛盈耳,独烹独啜,故自有一种乐趣。又不若与高人论道,词客聊诗,黄冠谈玄,缁衣讲禅,知己论心,散人说鬼之为愈也。对此佳宾,躬为茗事,七碗下咽,而两腋清风顿起矣。较之独啜,更觉神怡。"

他谈的还是陆羽"九之略"里的问题,喝茶要茂林修竹,清幽寺观,云霞泉石。一个人喝茶,自有一种乐趣。但不如与高人论道、与词客聊诗、与道士谈玄、与和尚讲禅、与知己论心更有意思。与"素心同调"之人边喝边聊,才会觉得心旷神怡。

布茶席往往要选茶桌,仿古的、现代的,甚至色彩明丽的,只要合心意就好。一切从心,永远是茶道的最高境界,茶桌本身并不拘泥于任何形式。茶盘大多以木、竹和陶瓷制成,造型、尺寸随君所好。另外,还有用天然木桩随形制成的茶盘,尤能凸显茶与自然的亲密关系,器物的造型也以简约为上。

茶席是玉书(石畏)、潮汕炉、孟臣罐、若琛瓯缺一不可,是茶船、茶盘、茶荷、茶则、茶匙加以辅助……茶席纵有珍器百种,说来却并非必需,倒是一份深情独独不能少。自唐朝起,出世山林的僧人与遁世山水的雅士就开始对茶进行悟道。一泡茶,不同的人泡出千百种滋味,爱茶之人大抵也是因为茶如人,有真性情。经年累月,一张茶席已化为冲茶人手里一只小小白瓷茶盏,忘乎规矩,空了五味,却是此中有深意。

明代人将在花园中品茶列为十大煞风景的事之一,而袁宏道却说对花品茗是大雅之事。说到底，喝茶是极私人化的行为，布茶席也同样。布茶席，一切庞杂之物都需摒弃，"一切以最舒适为准，不加任何多余的器具，越简单越好"。情之所至，茶具也变得自如，一张石板一块粗布均可做席，一只残损的陶器来做建水亦有风骨。

圆满的壶身能充分激发乌龙的香气；普洱茶宜用大口扁壶。壶嘴和壶把是壶的点睛之笔，壶嘴宜在拙中藏巧，壶把则巧中藏拙。

茶杯小却蕴藏着无尽之美，每种杯器都有其独特的表情去契合各类茶的氛围。紫砂冲泡红茶香味最厚；玻璃和白瓷杯最宜盛清新淡雅的绿茶；紫砂的质感与温和醇厚的普洱茶最相配……"烹茶尽具，醢已盖藏"，一壶一盏均有不同意味。

属于生命的纯粹好时光不多。而若能有时间煮茶，真是一份难得的舒展和惬意。平日里生活忙忙碌碌，即便喝茶也不过匆忙间狂饮一气，并无闲暇讲究道艺。茶由心，心动，茶为饮品，心静，茶为境界。忙碌日子里的那些茶顶多是个饮品，纯粹解渴之需。而有境界的茶，不仅需要闲情和雅兴来支撑，更需要的是一份能静下来的心。

有机会的话，偷得浮生半日闲，去普陀山参加一次茶会，完成一次对自我的诉说吧。

灵隐寺中忆济公

"南朝四百八十寺,多少楼台烟雨中",佛教文化底蕴深厚的杭州,自然少不了各种古刹名寺,其中最著名的当属千年古刹灵隐寺了。独自行走在灵隐寺,穿越充满烟火气的佛缘步行街,和一千年前,没什么不同。

灵隐寺旁边有一条古老的上香古道,被称为天竺路,天竺路分为下天竺、中天竺和上天竺。沿着天竺路行走,可以见到永福寺、法镜寺、法喜寺等诸多寺庙。这些寺庙至今已走过1600多年的沧桑岁月。乾隆游江南时,赐上天竺法喜寺名,至今香火旺盛。就在法喜寺与永福寺之间的竹林中,坐落着一座始建于唐代的隐世古村法云,自古是龙井之乡,茶农们世代栖居于此,是杭州历史上最早的聚居区,法云古村又被称为"天外茶村"。明代成就最高的文学家之一张岱寓居法云村时创作出了可以媲美苏轼《记承天寺夜游》的《湖心亭看雪》。

除了古寺名刹,这里茶寮民宿、餐馆小店也是林林立立,有好看的手作,有当地人兜售的茶叶,不知道在哪个转角就能碰见晾晒着刚打下的桂花。花树掩映中,藏着白墙黑瓦,院中摆放着石桌木椅,角角落落都透露着悠闲。要想深入感受山中暮鼓晨钟的悠悠岁月,就不能不住一晚了。灵隐寺周围清幽雅致的民宿很多,很多民宿依山而建,清静别致,禅意十足,大有"隐于山间,归于天竺"之感。很多民宿均为带院落的房间,木质的房屋隐逸在参天古树中,总让人觉得来到了京都的庭院。

一条名为冷泉的小溪与石径并肩前行，穿过法云村，由南而北缓缓流淌昼夜不息。它曾是古村日常生活的聚集地，村民们在茶园辛勤劳作后，便汇于此沐浴更衣，闲聊畅谈。清晨，晨雾四起时，法云便缥缈如仙境。80年代出生的孩子都记得老艺术家游本昌主演的电视剧《济公》，那就是在法云村拍摄的。"鞋儿破帽儿破，身上的袈裟破"，这首歌让一个疯疯癫癫、穿着破衣烂衫的和尚形象立刻浮现在我们眼前。他法术高强，疾恶如仇，又诙谐幽默，这个人就是济公。在故事中济公是天上十八罗汉中的降龙罗汉转世，正常来说天上神仙无数，小小罗汉只是一个低等神仙而已，那为什么济公那么受欢迎呢？

一是济公的表现不像其他神佛一样，高高在上俯视众生，而是混迹于市井之间，嬉笑怒骂，喝酒吃肉，就像平凡人一样。第二自然是济公爱打抱不平，不畏惧权贵，还和江湖人士交往。第三就是他施展法术的手段令人忍俊不禁，比如搓身上的泥垢当药丸给别人服用。不过历史上真的有济公这样一个人吗？

关于济公的原型，有一种说法认为他就是南北朝齐、梁时的志公禅师，又叫宝志、保公。志公禅师原名姓朱，据说是一个朱姓女子从老鹰的巢穴中捡来的，一看这个婴儿长个大方脸，皮肤晶莹如玉，而手指却像鹰的爪子。怕这个孩子先天不足养不活，所以送到寺庙里出家当了和尚。等到宝志和尚五六十岁的时候，他出了名。他行走在京城的街道之中，衣衫不整放荡不羁，到别人家去化缘，就是有酒有肉也不在乎，照样大吃大喝。但是他有预知未来的能力，一眼能看透别人在想些什么。

更让人不可思议的是,他可能同时出现在不同的地方,让人怀疑他有分身能力。齐武帝以其惑众,曾拘其入狱。但人们仍日日见他散步街头,待查看狱中时,他仍在牢房打坐。

梁武帝萧衍信奉佛教,他听说志公禅师的名气,把他传到宫中,询问他如何才能够更好地修行。志公禅师告诉他要专心致志,并且让他找来几名死刑犯,让每个人端着一个酒杯在宫中行走,并且告诫他们如果酒洒出一点儿,就立刻处死他们。罪犯们一个个心惊胆战,即使宫人在不停地奏乐他们也置若罔闻。志公禅师以此来告诫皇帝要用畏死之心精进修行,才能够有好的结果。所以后来以讹传讹,就把志公禅师的能力嫁接到宋代的道济身上,这就有了我们喜欢的济公。

几年前的一个冬日,夕阳西下,灵隐寺乌泱乌泱的游客们纷纷散去,大雄宝殿前一位僧人正在扫地,他的背影很像是电影里的镜头,非常寂静与唯美。我与僧人探讨佛法,他引用了普贤菩萨警众偈:是日已过,命亦随减,如少水鱼,斯有何乐?当勤精进,如救头燃,但念无常,慎勿放逸。他说,富贵荣华、声色犬马都是虚妄不实的。人命一天比一天短,好像鱼在水里,水一天比一天少,没有水,鱼就不能生存,斯有何乐!应该像头被火烧到了,赶快救护头颅一样精进修行,要时时刻刻想到无常不知道哪一天就要到来,千万不可懈怠放逸。

我问僧人:如何看待"酒肉穿肠过,佛祖心中留"这句话?僧人答:这是济公活佛流传下来的一句话,但是大家仅知"酒肉穿肠过,佛祖心中留",却不知济公活佛还有后一句"世人若学我，如同进魔道"。这句话几乎成了很多人为了口福，贪嘴吃肉的理由和借口。甚至有些人见到学佛人吃素，则说：何必执着，济公活佛都说了"酒肉穿肠过，佛祖心中留"。这种说法贻害匪浅，是邪见。一切众生，都有佛性，在凡不减，在圣不增。吃素是菩提心的增上缘，吃素即是减少杀业。

这位僧人跟我聊了很多，通过聊天我了解到，他在出家前是学美术的，擅长画山水画，他关于绘画的一些观点很有见地，现与诸君分享。

"人品不高，画格难求其高"。绘画作品是视觉形象，而这种视觉形象可反映出画者的心境和品格。清人王昱说："学画者先贵立品，立品之人，笔墨外自有一种光明正大之概，否则画虽可观，却有一种不正之气，隐跃毫端。文如其人，画亦有然"，"其要在修养心性，则理正气清，胸中自发浩荡之气"。画者不修养心性，就没有"浩荡之气""光明正大之概"，作品必然就会有不正之气。所以画者先贵立品。

明代李日华在《紫桃轩杂缀》中说："乃知点墨落纸，大非细事，必须胸中廓然无一物，然后烟云秀色，与天地生生之气，自然凑泊，笔下幻出奇诡。若是营营世念，澡雪未尽，即日对丘壑，日摹妙迹，到头只与髹采污墁之工争巧拙于毫厘也。"胸中满是俗事贪念，即便是天天对景描摹，也只能与油漆工争巧而已。明代董其昌也说："胸中脱去尘浊，自然丘壑内营，立成鄞鄂，随手写出，皆为山水传神！"

要想为山水传神，就要"胸中脱去尘浊"，也就是净化心灵。

净化心灵就好像一个葫芦装满了污泥，放到水里必定下沉，倒出一点，它就会浮上一点。全部倒干净再放到水里，你按都按不下去。你别看人类社会发生了多大变化，人类道德水准大滑坡，世风日下，唯利是图，而宇宙中的道却永远不会变。道是正与邪、好与坏的分水岭、净化器，好的升上来，坏的沉下去。

"独往秋山深，回头人境远"，历史上杰出的画家，哪个不是带着压抑、惆怅、向往而独自走入深山？哪个不是弃低俗而慕高远、远离尘俗，秋山问道？！画家即修行者，面对红尘世俗，看你能不能割舍，能不能耐得住寂寞，能不能经得住诱惑。这是一个艺术家能否成功的决定性因素。

宋代郭熙说："世人止知吾落笔作画，却不知画非易事。庄子说画史解衣盘礴，此真得画家之法。人须养得宽快，意思悦适，如所谓'易直子谅，油然之心生'，则人之笑啼情状，物之尖斜偃侧，自然布列于心中，不觉见之于笔下。"郭熙说世人往往把画画当作纯技术活动，其实并非那么简单。画家不但懂得画画的技巧，还具备庄子所要求的创作心态，注重养成慈爱真诚的品行。

石涛也说过："呕血十斗，不如啮雪一团"。呕血十斗，是技巧上的追求，是获取知识的途径，而啮雪一团，则是精神上的升华。真正导致绘画成功的关键因素不是知识，知识并不能代表人心灵的气象。生命的智慧，心胸的宽广，是人意志力的纯化，是人对天命的认从，是弃低俗而慕高远的精神境界。

以冰雪般的纯然心境去作画，自会有佳构。儒释道几乎都认为艺术是心灵的面貌，画是心画，所以先做一个不庸俗的人，一个道德高尚的人，才可能有不庸俗的画。心无修养不可能上通于道，所以由修心到中得心源所产生的画必然是大境界大气象。

本来，传统文化是以儒释道的修炼为根，思想品格也是遵循传统美德而后天蒙生的产物。书画艺术同样是修行，而修行就要按照传统美德，善养浩气，淡泊名利，同化真善美。只有注重蒙养品格，方能圆融艺术。

晋宋时期，佛教居士宗炳曾提出"山水质而有趣灵"，欣赏山水画则应该"澄怀观道"，体现出了佛教给创作者审美思维带来的影响，所以形似之风盛行，见山是山，见水是水，试图在山水画中建立起一种理性的、想象的、纯粹的自然主义人格。

而禅宗主张过而不往，一切皆空，明确了瞬间顿悟是人人可行且简单易行的解脱方法，这就将神性转化为了人性，创作者不再是画工，山水画也不再是宗教等的附属物，而是创作者心灵的主动创造，从神画变为了心画。这种审美思维下的创作结果也是耐人寻味的，作品是充满情感的，因为完全是创作者主观情思的凝结。但是作品又是一种无意识状态下的产物，因为创作是无心无念的，使作品充满了丰富的艺术表现力，并启发着人们进行更深刻的思考。比如八大山人晚期的山水画。八大山人的人生境遇坎坷，幸而在晚年顿悟，在明心见性中脱俗成佛。其晚年的山水画中，已经丝毫看不到情感化、功利化倾向，画中是几棵形态各异的枯树，山石呈现型向上蜿蜒，用大片留白来代替一望无际的水面，隐约中还有几间茅舍点缀在山间。笔墨简洁，意境深远，用大象无声来形容再贴切不过。在主客观之间找到了平衡，在面对客观世界时，既不盲目自大，也不妄自菲薄，而是融入其中，获得物我两忘的交融感，自身也在这个交融的过程中获得了超越，真正通往了自由的审美境界。可以看出，受到禅宗美学的影响，山水画创作者的审美思维发生了根本性的变化，从神到人的转变，以人为本的新理念，都使山水画呈现出了全新的风貌，极大推动了山水画艺术的变革和发展。

这位僧人对弘仁的画非常欣赏，他跟我讲了很多关于画僧弘仁的故事。

明末清初天下大乱，分崩离析。弘仁追随老师汪无涯前往福建，依附南明隆武政权。当反清复明无途可进后，弘仁避乱入武夷山，皈依了佛门。朝代的更迭给弘仁内心造成了极大的创伤，也影响了他早期的画风。皈依佛门后日渐于佛学禅理的浸溢、自然山水的娱游、诗画诗文的寄怀，也造就了弘仁独具个人面貌的笔墨特征。

弘仁的山水画中显现一种"静寂"的禅宗审美趣味。这种清冷孤傲的性格使他的绘画作品共同传达出疏简生拙、风神懒散而绝无半点人间烟火之气的超然审美境界。

弘仁的作品以黄山、齐云山为母体。笔墨清新枯寂、凝练明快，多以干笔渴墨入画。所造之境静穆幽寂、冷峻超然，画面中无人间烟火之气。

弘仁的山水画开辟了荒疏冷逸的绘画风格,在一定程度上改变了当时社会致力于临摹的风气,他的山水画与其他人有很大不同,无论是在构图还是在线条、笔墨上都给人很大的视觉冲击力。他的笔墨没有跳动的笔触和张扬挥洒的墨色,线条蓬松内敛,勾勒皴擦中复勾以刚劲的"实"线,在虚实相生之间营造一种静冷孤寂之气。

这位僧人向我展示了他自己的几幅山水画作品,令我惊叹。对前人笔墨,这位僧人渗透了自己独特的理解,以肯定而清晰、劲静且润泽的线条来描绘自己心中的那方寂静枯寂之境。他的笔墨意韵很大程度上是研鉴承载弘仁笔墨而来,但在形态、意韵的把握上他师法自然又取法古人并加以变化,逐渐形成独具个人面貌的绘画风格。

这位僧人的画很少用色彩,绘画中的意境表现出生命的一种苍凉,生命的一种深度。他在继承弘仁笔墨技巧的基础上,将个人对于自然山川形态的感受,心物交融创作出一种独属于自己的"静""冷""孤""寂"的画境。他并不喜欢将描绘的物象铺满纸面反而是留有大部分的空白。他极其擅长利用画面中的空白烘托画面气氛。

这位僧人说,宗教与艺术本身就有着密切的联系,禅宗和山水画也不例外,自禅宗思想在唐代确立以来,其心性本体论、顿悟认识论和自性自度方法论等对绘画者产生了极为深刻的影响,从王维开始,逐渐在创作理念、风格、技法等方面发生了变化，后经过历代名家的探索和推动，终于形成了山水画艺术中一个新的画种——文人画。可以说，文人画的出现，是禅宗和山水画融合发展的必然结果。禅是一种特殊的意识形态，既是入世的，又是出世的，其识心见性、众生即佛、即时豁然等主张，强化了绘画者个人对外物的决定作用，通过直觉来感知外物，获得顿悟后进入绝对自由的境界，这是完全适合处于失意和矛盾中的士大夫的，或者说禅宗的适时出现满足了士大夫的心理需求，并孕育了他们新的审美心理和情趣，加之士大夫普遍具有书画技能，所以成为文人画最初的创作者。

明清时期，山水画与禅的关系最为密切，董其昌直接将自己的画室命名为"画禅室"。而到了明末清初，一大批明末遗民又纷纷避世求道，弘仁、石谿、朱耷、石涛等画家，已经很少再受儒家、道家、释家思想的影响，而是以禅入画，禅意盎然。至此，文人画真正成为中国画中一个独立的画种。禅宗和山水画的融合，可谓是历史发展的必然结果，一方面源于中国文化所特有的兼容性特点，一方面则是因为禅宗和山水画艺术有着相近的主张和追求，两者的融合可以说是一个双赢，都借助对方丰富了自身。通过对这种作用和影响分析，也对如何借鉴其他思想和文化有了更加深刻的认识，只有树立起这种融合、借鉴意识，才能使山水画这门艺术在当代得到创新，体现出当代人对其做出的独到贡献。

我问僧人：业余时间画山水画，会不会影响修行呢？他反问我：画山水画，难道本身不是修行吗？

自古终南多奇人

几年前的夏天，我与好友一起，去终南山问道。

终南山自古至今，都是隐士的天堂。终南山的地理位置与山林环境独特，"天之中，都之南，故名中南，亦称终南"，长江黄河分水岭，是我国地理气候的南北分界线，山大沟深，水源充沛，林木茂密，野果满山，而且四季分明，气候干燥，为山居生活提供了理想的客观环境。

终南山自古以来就有隐士传统。相传，西周的开国元勋姜子牙，晋时的王嘉，隋唐五代的新罗人金可记、药王孙思邈，仙家钟离权、吕洞宾、刘海蟾，金元时期全真道创始人王重阳，明清时期江本实等，都曾隐居终南山。从古至今，终南山吸引了许多人"慕道"而来。

终南山"精气神"俱足，在这里修道易成。终南山有灵气，可以代表华夏文化之灵性。许多练过气功或站桩的人，来到这里习练都会感觉到效果比平时明显很多。

在汉学家比尔·波特所著的《空谷幽兰》中，我们可以看到，终南山隐居着5000多位隐士，如此庞大的群体里，有出家的僧道，也有生活不得志的人，还有企业的高管，等等。终南山看似洞天福地，当人们决定隐世修行时才发现其中的艰辛。山里交通不便、食物短缺，住的是简陋的茅草房，吃的是粗茶淡饭。为了喝水，要去很远的地方寻找水源；为了吃上蔬菜，要自己扛着锄头在空地上开垦出来一片菜地。这些物质上的困难就会让很多人退缩，更让人难以忍受的是来自大自然的孤寂。山里没有电，也没有网络，每天除了解决温饱的劳作，剩下的时间就是打坐修行了，在清幽的环境下独处，真正修行的人可以去体悟天人合一的境界。

在山中，我见到了许多从没见过的花和虫。我之前挺怕虫的，但是在这里各种虫抬头不见低头见，渐渐地我不怕它们了，甚至开始观察它们并喜欢上了它们。它们有各自的颜色和习性，在山里活得怡然自得、尽心尽力，一草一木、一鸟一虫都以自己的本色纯粹地活着，使人心生敬意。身处终南山之中，让我开始变得对这世间的万物都不敢轻视和怠慢。

我在终南山中见到了很多奇人，有住在山顶山洞中清瘦的道长；还有携一张古琴飘然而至，而后又飘然而去的出家师父；从美国千里迢迢来到山中修行的外国友人；山中生活数年登山健步如飞的师兄；曾经玩过摇滚、开过赛车现在抚琴制香的玉真子……

终南山以这样一种包容万物的胸怀，向我展示了世界的另一个模样。我之前的对于生活和世界狭隘的看法和想法被打破和融化。

在终南山，我跟玉真子老师学习花道和香道，老师以前在日本居住过很长时间，对中日两国的花道和香道文化均有自己独到的理解，现与诸君分享。

在中国传统文化中，花代表因，也是人间最美丽、最漂亮的善，种善因，即得善果。而在古代，"花"也通"华"，人们用"华美""华丽"等词形容万事万物美好的状态，古称花道为"华道"也带有这层美好的寓意，正式的花道形成，是因为佛教的传入。

老师说，他年轻的时候，曾求学于一位著名的日本花道老师。第一堂课，老师讲插花中三大主枝的第一枝叫做"真"。他不明白，就问老师为什么要确定三大主枝、"真"又作何解，那位老师无法回答，因为在日本花道中，多是照本宗规矩传续，学生较少探究原因。

这个问题困扰了他很多年，直到后来系统学习了中国传统文化才得以理解，他认为，三大主枝是取自道家"一生二、二生三、三生万物"的思想，对应佛家的过去、现在、未来。第一主枝的"真"则取自佛经中的"真如本体"，即本真，也就是道家所说的"一"，亦可理解为儒家的"中庸"，三大主枝合到一点既是万法归一、中和之道，也意指当下，由此，也可以看出插花的内在精神实是出自传统的儒释道文化。

我问老师：现在潜心研究佛前供花和宫廷插花的意义在哪里？它们在花道中又享有怎样的地位呢？

老师说：在我看来，中式传统插花源自道家的祭祀文化。花卉本就是阴阳合和之物，它最开始是道家在占卜、祭祀时与神明、先祖的沟通之物，如祭祀神农氏时，将五谷、中草药等聚于盆器供奉，这可视作插花的雏形。祭祀的主体是修道之人和受之影响的皇族。

佛前供花从供养、供奉到修法、祈福，虽有派别之分，终为修心。到了宫廷插花，又多了实用价值，在不同节日体现不同内涵，且有鲜明的时代特征，是国家审美的彰显。和佛前供花一样，宫廷插花同样严谨，但自有它的雍容、华贵和大方，其中正平和取代了强烈的个人风格。佛前供花、宫廷插花、文人插花之间，是自上而下的关系。

我们现在对花道会有些误解，比如花店里插的花篮、婚礼上用的花束等，我们也统称插花。老师介绍道："这些，我们正确的叫法，应该是西洋花艺或西方的花艺设计。"西方人会把油画、色彩、雕塑、几何的概念放在他们的插花作品里，东西方插花的区别，就仿佛油画和山水画之间的区别。"西方人喜欢用块、面，所以他们的油画是一块一块的；东方人喜用线条，画水画山都是几道就出现了轮廓，虚实明显，空的地方也是山。"所以东方的插花作品，别看就这么几枝，可是这中间勾勒的虚空，也是我们要欣赏的部分，就像我们的书画之间的留白，也是一种想象的美。

中国的花道，在夏商周的青铜器上就能看到萌芽，其四周雕琢的纹饰里，都会出现类似一个放花的容器；到了汉代，在砖雕、木雕上也出现了这样的花纹，那只是一个雏形阶段。正式的花道形成，是因为佛教的传入，老师解释说，"为什么要在佛前供花呢？供花也要供果，讲的就是因和果，拿花代表因，因为我们知道花是美的，植物开花的一刹那是最美好的，所以若拿最美好的当'因'，未来得到的'果'报一定特别好。"

虽然花种和形式会不一样，古人在春天只能有玉兰、海棠、桃花等花种，不能跨季节，而现今我们不仅可以跨季节，还能找到热带甚至沙漠里的花，可是自古以来文人插花所表达的内心的东西是不变的，中国的插花其实更多是和我们的精神联系在一起，所以中国的插花不是表面上的一瓶植物，是蕴含了我们深厚的传统文化。

香道与花道、茶道共称三雅道。所谓香道，是一种以"乐香"为道艺的高雅艺术。香道讲究静观不语，人们随着袅袅升烟，感悟人生的奥义。茶道、书道、琴道、花道、香道，是中国传统文化的美学之魂。其中的香道主要是通过眼观、手触、鼻嗅等品香形式，对香料进行一个全身心的鉴赏和感悟的过程。香味触及身而止，使它对自己最有真实感，"如人饮水，冷暖自知"。因此，在禅修中，香道一般与禅室同堂，修行人在其中借助于有相的香，通过研磨、压制、隔火熏香中闻到自性心香，从而远离一切贪嗔痴慢疑，并与插花、品茶共同成为禅修体验中重要的组成部分。

香道起源于中国古代品香的风俗，始于春秋战国时期，距今已有 2000 多年的历史。中国人喜香，在汉代之前以汤沐香。汉魏六朝则流行道家学说，博山式的熏香文化大行其道，至隋唐五代不仅用香风气大盛，又因为东西文明的融合，更丰富了各种形式的行香诸法。到了宋代是中国古代美学的高峰期。宋人吴自牧在其笔记《梦粱录》记载："烧香点茶，挂画插花，四般闲事，不宜累家"，点出了宋代文人雅致生活中的四事。"焚香品茗、插花挂画"，被称为"四事"，自古以来就是文人士大夫之间的雅事,也是古人修身养性的追求。尤其是焚香虽然只是眼观、鼻嗅、手触之事,却最能通神明,和五脏,静人心神。所以说香道是帮助人修身养性、陶冶情操、清空杂念的一项体验活动。

焚香除了佛前清供,古人还将它用作熏衣熏被。此外百官上朝、宫廷宴会、茶坊酒肆都要用香。文人居家出行、读书会客、观画抚琴也要用香。在唐代时就有朝堂大殿之上有香烟缭绕的场景,百官朝拜,衣衫染香,画面十分美好。宋代文人写诗填词、抚琴赏画要焚香,宴客会友、独居默坐、案头枕边、灯前月下、听雨赏花都要焚香,简直到了痴迷的地步。

唐代,鉴真和尚多次东渡日本,传授中国文化。日本香道文化起源大约于六世纪左右,从此历千年而不绝。

在奈良时代,香主要用于佛教的宗教礼仪,人们将香木炼制成香,少数也用于薰衣或使室内空气芬芳。平安时代,香料悄悄走进了贵族的生活,伴随着国风文化的兴起,焚香成了贵族生活中不可或缺的一部分,但香的用途还只是限于作薰物。

用香薰衣,在室内燃香,连出游时仍带着香物,贵族们对香的偏好,为辉煌的平安王朝更披加了一件华服。薰香的配方现都由平安贵族的后人,小心珍藏一代代传下去。

香料越制越精细,闻香分香道具的改良进一步加快了香的普及。

香的艺术性也开始逐步展现出来,从不少的和歌或物语文学作品中可看到对闻香的着重描绘。当时还有比试斗香的活动,而流行的连歌会也在燃香的环境下进行。

　　香道、茶道、花道虽然各自发展出一套细致高深的礼仪轨则，各有各的流派，但从其所表现出"沉""静""定"的品位看来，这三种传统文化的精神意境，受到佛教禅宗很大的影响。

　　人的嗅觉比视觉、听觉更能挑动人们细腻的心。"香"是一种嗅觉文化，它的深度及美学是一种超越国界、心灵共通的语言，也是我们身边最容易理解的文化。正因为如此，它也是最能够得到人类的共鸣。所以当我们闻香时，透过纯净的香气，无形中可以净化心灵的杂质。

　　在终南山，我还遇见了一位擅长弹古琴的老师，他的一曲《双鹤听泉》让我惊为天人。世有逸客，高卧青山，优游林下，枕石听泉，心无凡尘俗事相扰，长与白云、松鹤为伴。闲来弹琴吟啸，高歌入云。《双鹤听泉》正是这样一首表达山居隐逸情怀的小曲，这首小曲与其说是描写听泉，不如说是在抒发枕石听泉时的一种自在心境、一种超脱红尘万千羁绊的洒脱。常抚此曲，能让人一洗俗耳、心脱尘累。乐曲短小古朴，表现出高人雅士在深山清泉之间，怡然出世的意境。

　　古琴老师对我说："水中鸥鹭，山中野鹤，或息机于沙洲，或怡情于泉石，维不受人世樊笼之苦，逍遥于山水之中也。"《双鹤听泉》极有可能是宋朝石扬休创作的《猿鹤双清》之序曲，后来改称之为《双泉引》，表现出古代文人超然出尘的清高思想。古琴老师接着跟我聊起了竹林七贤的故事。

魏晋时期，战乱纷纷，天下士人，壮志难酬，转而饮酒作乐，傲啸山湖，纵论玄学，高谈佛道。魏正始年间有七位名士，常常在山阳县竹林之下，喝酒、纵歌，肆意酣畅，世谓"竹林七贤"。竹林七贤，指的分别是：阮籍、嵇康、山涛、刘伶、阮咸、向秀、王戎。提起他们，眼前总会浮现出一群超凡脱俗之人：枕青石，卧松岗，或酣醉，或抚琴，飘飘欲仙，放浪形骸。七人是当时玄学的代表人物，都"弃经典而尚老庄，蔑礼法而崇放达"，但他们的思想倾向却有所不同。嵇康、阮籍、刘伶、阮咸始终主张老庄之学，"越名教而任自然"，山涛、王戎则好老庄而杂以儒术，向秀则主张名教与自然合一。他们在生活上不拘礼法，清静无为，聚众在竹林喝酒，纵歌，肆意酣畅。竹林七贤在他们的年代，或许被视为异类，但千年之后，我们看清他们引领了一代风骨，代表了魏晋风度。他们之所以受到追捧，是因为他们在放浪形骸的背后，保有了气节与风骨，不人云亦云，追求精神与人格的独立。

在终南山，你会遇到各种各样的奇人，他们多才多艺，擅长花道、香道、琴道等风雅之事，见之令人忘俗。有机会的话，去终南山吧！

雪窦山中觅禅心

雪窦山，位于浙江省宁波市奉化区溪口镇西北，为四明山支脉的最高峰，山中的雪窦寺是著名禅宗祖庭。雪窦寺僧人早殿，绕念弥勒尊佛圣号，故称为弥勒道场。来奉化，记得一定要去雪窦寺，拜一下弥勒佛。

在佛教中，有"三世佛"的说法：过去佛燃灯佛，现在佛释迦牟尼佛，未来佛弥勒佛。弥勒佛的前身是布袋和尚。唐末五代十国时期，有一和尚，名"起此"，是一位真实的历史人物。幼时在浙江奉化县流浪，被村民张重天夫妇收养。18岁在岳林寺出家，曾在雪窦寺讲经弘法，并云游于各地，因常荷布袋不离身，人称"布袋和尚"。布袋和尚体态肥胖，大腹袒露，笑口常开，随处寝卧，饮食不论荤素酒肆，食剩之物，尽投入自带布袋。平生好学，善吟咏、偈语。常给群众带来欢乐、除却烦恼，亦称"欢喜和尚"。后梁贞明三年（公元917年），布袋和尚端坐于奉化岳林寺东廊磐石上说偈曰："弥勒真弥勒，分身千百亿，时时示时人，时人自不识。"偈毕安然圆寂。布袋和尚即为弥勒佛的化身。

弥勒佛，是释迦牟尼佛的继任者。那么，如来为何会选择弥勒佛为继任者？

在奉化民间传说中，释迦牟尼扮作一位苦行僧前往奉化。那一天，布袋和尚在雪窦寺宣讲《弥勒下生经》，众佛徒听得津津有味，一位小沙弥跑进报告，说门外有位苦行僧要见师父。

布袋和尚笑道："请他进来,问他何事?"

苦行僧衣衫褴褛,浑身邋遢,步履蹒跚,走到布袋和尚面前,伸出既破又脏的钵盂讨吃。布袋和尚笑道："不急,我的布袋里有你吃的!"说罢,伸手在身边袋里捞了大把米饭,递给对方。苦行僧三两口吃完,伸钵又讨。如此三番五次,布袋里的东西全部施舍。

布袋和尚摸着自己的肚皮笑着说："师父,你这肚比我还大。"苦行僧问:"你的肚皮能装多少东西?"布袋和尚想了一下回答:"能装人间难以装下的所有东西!"苦行僧赞许地点头。

布袋和尚问:"师父,还有事吗?"苦行僧提起一只光脚:"看吧,我一路步行,皮肉烂成这样,没双鞋穿,能不能把你脚上的鞋施舍给我穿?"布袋和尚毫不犹豫地脱鞋:"师父,拿去吧,快穿上,恕我刚才没有看见。"

苦行僧穿上鞋,手指着自己的破衣衫,要布袋和尚把身上的袈裟脱下施舍给他。弟子们认为苦行僧太过分了,想轰他走。布袋和尚二话没说,准备脱袈裟。他才脱到一半,苦行僧制止说:"别脱,我不要了!"说毕,转身便走。

扮作苦行僧的释迦牟尼边走边想:布袋和尚施舍自己身上一切,如此慷慨解囊而不图回报,已把佛家行善积德、慈悲救苦的精神推向极致。五十六亿年后,让他下生人间成佛,则佛法必兴,人间和谐安康。

雪窦寺传奇众多。唐灭后,多位饮誉海内外丛林的禅师,纷纷登临雪窦山主持寺事。禅宗法眼宗第三祖、净土宗第六祖知觉延寿禅师，还有云门宗四世法孙、"支门中兴之祖"明觉重显禅师，使得雪窦寺走向盛极。在唐宋时期，雪窦寺先后受几代皇帝的41道敕谕，至今寺内尚存"钦赐龙藏"的经书5760本、玉印、龙袍、龙钵、玉佛等。宋代仁宗皇帝梦游雪窦山，理宗皇帝题字"应梦名山"。

南宋被敕封为"五山十刹"之一，明代列入"天下禅宗十刹五院"之一，民国跻身"五大佛教名山"之一。佛界泰斗太虚法师于1932年任雪窦寺方丈。太虚大师于1936年在奉化雪窦寺开讲《弥勒菩萨上生经》，刊行《兜率净土与十方净土之比观》。太虚大师数十次莅寺讲经，影响巨大。太虚大师于1946年辞去雪窦寺方丈职，1947年在上海玉佛寺安详舍报。太虚生前十分推崇雪窦寺，故选择雪窦山作为身后长眠之地。

1987年中国佛协赵朴初会长视察雪窦寺曾寄语："雪窦乃弥勒应化之地，殿内建筑应有别于他寺，独建弥勒殿。"2006年雪窦山露天弥勒大佛造像正式奠基开工，并定名为"人间弥勒"。2008中国雪窦山弥勒文化节开幕，全球最高的坐姿铜制露天弥勒大佛造像同时落成。

在雪窦寺，一位僧人给我讲了布施与贪心的故事，挺有趣的，现与诸君分享。

古时候，有个农民在自家地里耕地，意外地翻出一个金罗汉，足足有几十斤重。家里人及亲友、邻居都为他高兴，说这辈子再也不用操心吃喝了，再也不用风吹雨打地干活了。

可是这个农民却闷闷不乐，整天愁眉苦脸地想心事。大家都感到奇怪，追问他到底为什么苦恼。问了很久，这个农民终于开口了："我一直在想，这罗汉应该有18个，可我现在只拿到1个，那么还有17个金罗汉会在哪里呢？"

听完这个故事，大家都笑了，笑这个农民如此贪心。布施本身不是目的，布施的目的在于达到净行净心。如果把布施仅仅视作助人为乐，从布施行为中获得一份自我满足，内心安宁，那么，这种布施仍为俗趣。

接着，僧人讲了法常禅师的故事，也很有趣，现与诸君分享。

高僧法常禅师是神一般的存在。他曾被北齐皇帝尊为国师，但是他觉得身处名利场，每日迎来送往，喧嚣纷杂，更何况"伴君如伴虎"，帝王将相喜怒无常，常常以权势相要挟，必须花费大量精力，小心应对，委曲求全，才能获得弘法的机会。这样一来，宝贵的精力都消耗在处理人事中，既不能自利，更不能利他。于是，法常禅师干脆潇洒地离开，什么国师不国师，如果不能借助来弘法利生，那不过是累人的虚名而已。

就是这位法常禅师，教徒弟竟然一言不发，考验了人家一年，等到徒弟哭成泪人，他才指示心要。没想到真是"严师出高徒"，弟子最终在他的指点下修成高深的禅定功夫，预知时至，视死亡为远行，来去自由，安然入灭。

法常禅师入灭的时候更是好玩。他说："我今天要睡一大觉。"说完就回屋右胁而卧，倒头便睡。徒弟们都以为师父真的睡觉去了，谁知第二天日上三竿了，原本晚上都不倒单的师父，今天竟然也睡上懒觉了。等他们仔细凑近才发现，原来师父已经圆寂了。生死大事好么，您怎么就跟闹着玩似的呢？！难怪他连国师都不做，生死既等空花，荣华更是浮云，涅槃常乐我净，世间何物堪比？！高僧境界，如是如是。

这位僧人擅长书画，他对朱耷很是欣赏，跟我讲了关于画僧朱耷的故事，令我赞叹。

在中国的文化史上，隐逸着一位亦僧亦道、亦画亦诗的人物，他的名号三百多年来为世人惊叹不已。他就是开一代画风，独步古今的艺术大师——朱耷。

八大山人，名朱耷(1626—约1705)，江西南昌人，明末清初画家、书法家，中国画一代宗师。清初画坛"四僧"之一。为明宁献王朱权九世孙，明灭亡后，国毁家亡，心情悲愤，落发为僧，法名传綮，字刃庵。又用过雪个、个山、个山驴、驴屋、人屋、道朗等号，后又入青云谱为道。通常称他为朱耷，晚年取八大山人号并一直用到去世。其于画作上署名时，常把"八大"和"山人"竖着连写。前二字又似"哭"字，又似"笑"字，而后二字则类似"之"字，哭之笑之即哭笑不得之意。他一生对明忠心耿耿，以明朝遗民自居，不肯与清合作。他的作品往往以象征手法抒写心意，如画鱼、鸭、鸟等，皆以白眼向天，充满倔强之气。是朱耷自我心态的写照。画山水，多取荒寒萧疏之景，剩山残水，仰塞之情溢于纸素，可谓"墨点无多泪点多，山河仍为旧山河"，"想见时人解图画，一峰还写宋山河"，可见朱耷寄情于画，以书画表达对旧王朝的眷恋。朱耷笔墨特点以放任恣纵见长，苍劲圆秀，清逸横生，不论大幅或小品，都有浑朴酣畅又明朗秀健的风神。章法结构不落俗套，在不完整中求完整。朱耷的绘画对后世影响极大。朱耷擅花鸟、山水，其花鸟承袭陈淳、徐渭写意花鸟画的传统。发展为阔笔大写意画法，其特点是通过象征寓意的手法，并对所画的花鸟、鱼虫进行夸张，以其奇特的形象和简练的造型，使画中形象突出，主题鲜明，甚至将鸟、鱼的眼睛画成"白眼向人"，以此来表现自己孤傲不群、愤世嫉俗的性格，从而创造了一种前所未有的花鸟造型。其画笔墨简朴豪放、苍劲率意、淋漓酣畅，构图疏简、奇险，风格雄奇朴茂。他的山水画初师董其昌，后又上窥黄公望、倪瓒，多作水墨山水，笔墨质朴雄健，意境荒凉寂寥。亦长于书法，擅行、草书，宗法王羲之、王献之、颜真卿、董其昌等，以秃笔作书，风格流畅秀健。

这位僧人会弹古琴，他跟我聊起了范仲淹与古琴的故事，甚是有趣，现与诸君分享。

在北宋的历史舞台上，曾经涌现过一大批忧国忧民的文臣，他们既是臣子，又拥有着极高的文学音律素养，晏殊是，受其知遇之恩的范仲淹同样是。范仲淹20岁时远游陕西，结识名士王镐。王镐善琴，平日总是一袭白衣，骑白驴，读琴书，颇有嵇康、阮籍之风。通过王镐，范仲淹又认识了河南汝南一带，精于篆刻的道士周德宝，以及浙江临海精于易学的道士屈元应。四人平日里弹琴弦歌，怡然自乐。在他年逾花甲的时候，他还常怀念起与这几位琴友的友情。

范仲淹一生都与琴为伴，他曾师承当时的名臣崔遵度。天圣六年，范仲淹经晏殊推荐，负责宫廷图书典籍的校勘整理，与著名琴家崔遵度相识，并师从学琴。当时他向崔遵度请教，如何弹出令人感动至深的琴曲。崔遵度回应他"清厉而静，和润而远"八个字。范仲淹左思右想，终于想通，同时琴艺大涨。

范仲淹在陈州（今河南淮阳）任地方官时，曾在一个仲秋之夜听当地一位高僧真上人弹琴，并作《听真上人琴歌》。他在琴声中产生了强烈的共鸣，思潮涌动，泪如雨下，"伏羲归天忽千古，我闻遗音泪如雨"，并发出"乃知圣人情虑深，将治四海先治琴，兴亡哀乐不我遁，坐中可见天下心"那富于哲理的感慨。

范仲淹善赏琴，更善弹琴。他虽然技艺一流，但弹奏的琴曲却并不多，据陆游《老学庵笔记》记载，范仲淹平日里喜欢弹琴，但最爱弹《履霜》一曲，故时人称之为"范履霜"。而他对于古琴的感情，从他的诗中可见一斑：爱此千年器，如见古人面。欲弹换朱丝，明月当秋汉。我愿宫商弦，相应声无间。自然召南风，莫起孤琴叹。

这位僧人还精通篆刻，他跟我聊起了吴让之的篆刻艺术，令我极为敬佩。

吴让之，晚清四大家之首。其篆刻以冲刀为主，披削结合；以小篆入印，方中寓圆；章法形式多样，稳中求险；边款则独具匠心，行草篆隶皆能用之。吴让之自幼喜篆刻，15岁时乃见汉印，悉心模仿达十年之久，期间还学习名家的篆刻作品。30岁左右始见邓石如篆刻，敬佩不已，达到了"尽弃学而学之""笃信师说，至老不衰"的程度。

吴让之以自己圆转流畅的篆书入印，刚柔并济，为当时的文人篆刻流派注入了新鲜活力，为"晚清篆刻四家"之首。

吴让之是中国篆刻史上一位承上启下的篆刻名家，他推动了晚清乃至近现代印坛的蓬勃发展，凡是学习"邓派"印风的篆刻者，无不先从让翁入手。

吴让之，原名廷飏，字熙载，后因避穆宗载淳讳，50岁后改字让之，亦作攘之，号让翁、晚学居士，江苏仪征人。他长期居住在家乡扬州，以卖书画刻印为生，晚年穷苦落魄，栖身寺庙借僧房鬻书，贫苦潦倒而终。

吴让之作为包世臣的入室弟子，得到包氏悉心教诲，尤其是楷书、行草书方面，在篆、隶书体及篆刻方面则是师法邓石如。特别是吴让之的篆刻，不仅可以自成面目，而且进一步将邓石如的风格发扬光大，形成一派势力。

吴让之一生治印万方，声名显卓，以致后来学"邓派"的多舍邓趋吴，除黄士陵外，吴让之对同时代的赵之谦、徐三庚，近代吴昌硕，当代韩天衡等书篆名家皆影响甚深。

恰如西泠丁辅之以赵之谦笔意为诗赞曰：圆朱入印始赵宋，怀宁布衣人所师。一灯不灭传薪火，赖有扬州吴让之。

近代书画大家黄宾虹称吴让之是"善变者"，在篆刻艺术的自我探索道路上，吴让之的篆刻风格也在不断地发生变化，他深刻领悟到邓氏"印从书出"的印学思想，方中寓圆，用刀如笔，痛快淋漓，从而展现出篆书的婉转流美的风采，无论是朱文印与白文印均炉火纯青，得心应手，技术上如庖丁解牛一般，以刀为笔，以石作纸，以达到刀笔相融、书印合一的境界。

书写意味的线条，创新性的小篆，披削自如的刀法都在吴让之印作中体现得淋漓尽致。他独特而随性的用刀技巧给印作中的点画以内涵丰富、赋予鲜活的生命力，故后之宗邓者大抵以吴为师。

由于吴让之有10年汉印的摹习功底，加之以邓的汉篆书体为依归，使隶书笔法参之入篆，以篆书笔意引之入印，书印相参，流美生动，浑朴圆润，韵味醇厚，一洗当时印坛程式化和矫揉造作的时尚，使日趋僵化的印坛面目为之一新。

吴让之的篆刻风格不仅早期汲取了汉印的营养，在篆、隶书体及篆刻方面都受到邓石如的影响。邓石如在隶书上融入了个人风格，汲取汉隶中的精华，其用笔方式和结构特点，线条浑厚有力，结体上紧下松，重心提高，纵横有致，呈现出古朴自然的风格特征。

"以汉碑入汉印，完白山人开之，所以独有千古。"吴让之的朱文印，相比师祖邓石如更显流畅圆转之美，他的许多印取竖长的字形，改变了元明时期的正方字形，开创了元朱文印的新面目。

吴让之的印作不是简单将篆书移入印面的，一方面是通过进行压缩文字的长宽比例，对小篆作了印化的处理，另一方面，印章中将小篆的体势拉长，重心提高，抓大放小，不做忸怩之态。他创立了不同于邓石如篆刻的方式：不是简单的"以书入印"，而是"以我书入我印"，即以自己独特风貌的篆书入印。

在篆刻创作中，吴让之的刀法节奏变化与其书写过程中的变化是一致的，增添了对刀法节奏的强化，强调根据篆字笔画书写的节奏而产生自然的速度变化。

吴昌硕曾评价吴让之："让翁平生固服膺完白，而于秦汉印玺探讨极深，故刀法圆转，无纤曼习气，气象骏迈，质而不滞。余尝语人，学完白不若取径于让翁。"可见对吴让之的赞美钦佩之情。

吴让之印从书出，印面文字多接近小篆写法，因此弧线应用较多，且富有粗细变化。同时，弧线的走势也恰到好处，柔软中又富有刚健之美。

而以圆朱文篆法入白文印，是吴让之篆刻的一大特点，一路横宽竖狭、略带圆转笔意的流美风格，和他的朱文印和谐统一。

在雪窦山，能与一位多才多艺的僧人探讨佛学、绘画、古琴和篆刻，实属人生幸事。有机会的话，去雪窦山旅游吧！

洞天福地武当山

对每一个有武侠梦的中国人而言，武当山都是心目中的圣地。

武当山，又名太和山，太和者，阴阳调和至极也，属道之最高境界。武当山道观建筑最大的特色即是讲究阴阳风水，因地制宜，妙不可言。武当山主峰天柱峰顶上的金顶，是武当山的精华和象征。在金殿前，极目四方，八百里武当秀丽风光尽收眼底，群峰起伏犹如大海的波涛。

武当山是道教著名仙山。道教是源自于我国本土的传统宗教，自东汉张道陵天师正式创立以来，已有一千八百余年的历史了。道教承袭了道家思想，将"道"作为核心信仰，同时又把长生久视、得道成仙作为修行的终极追求。

几年前，为深入了解道教文化，寻访传奇的道门高人，我独自去武当山问道。武当山是一代宗师张三丰创立武当太极的地方，也是古人崇尚的天人合一、敬天爱人精神的集大成之地。明朝永乐皇帝"北建故宫，南修武当"，一时武当拳法冠绝天下。

紫霄宫是武当山风景区唯一的道场，为道教圣地，是体验道家文化的重要场所。在武当，比风景更有故事的是人。我入住的酒店毗邻紫霄宫，傍晚能看见道士在紫霄宫的大殿前练太极拳、舞剑等，有些道士看上去年纪很老了，但是拳法、剑术行云流水，竟然能够下腰劈叉，面色红润，仙风道骨，令人惊叹。这些道士有男有女，男的叫乾道，女的叫坤道。跟俗人见面打招呼不同，他们见面，常问的是：最近太极拳练得怎么样了？内丹练得怎么样了？我每天晚上都来大殿前散步，经常能遇见一个年轻的道长教一些俗家弟子练太极拳，这些俗家弟子中，有些竟然是外国人，令人觉得有趣新奇。我向他请教道法。

道长说，武当山自古就是仙真潜修之地。明太祖朱元璋得了天下，便派使者捧着诏书礼品，进武当山来寻找一位神仙，名叫张三丰。但使者在山中守候寻觅了好一阵，却未能见到张三丰之面，只好怏怏回朝复旨。张三丰，名全一，又名君宝，辽东人。传说他生于南宋末。五岁时染上眼病，双目渐渐昏不见物。碧落宫住持张云庵，是位世外高人，一见张君宝便觉得奇异，对他父母说："这孩子仙风道骨，不是凡器，但双目遭了魔障，必须拜贫道为师。脱去尘翳，使智慧之珠重新清朗，到那时自然送还。"君宝母亲允诺。从此君宝便跟着张云庵，静养了半年，双目渐渐明朗。师父教他读道书，一经过目，便懂得深义。有空暇，又读儒释两家著作，只是随手翻阅，稍了解其大意，便搁过一边。匆匆七年过去，母亲思念君宝，又将他召回家去。

此后他也研读过儒学，有文名。元朝时有几任长官闻他名声，邀请他做官。他仰慕晋代葛洪为人，只想如葛洪一样，任个闲职，以便寻仙访道。谁知一年之中父母相继谢世，无法应召。此后他便绝意仕途，一心访道。西行进入陕西、甘肃一带，甘肃有座三尖山，三峰挺秀，林木苍润，因爱这山势便自号为"三丰居"。

十七岁时,张三丰进入终南山,遇见火龙真人,传授真诀。于是辞别师父,在江湖间漫游了几年。此后,进入武当山隐居调神九年,才修成大道。因他不修边幅,人又长得高大,须髯如戟;无论寒暑,只穿一件旧衣;吃起东西,成斗成升的,一扫而空,但有时又常常几天甚至几月不饮不食,人都称他"张邋遢"。此后又往来宝鸡、武当等地云游。

后来,他回到宝鸡金台观。一天他静坐炼气,阳神出壳,朋友们见他气息全无,以为已死,便买来棺木将尸身收敛了。到下葬时,忽然听到棺内有声响,忙启开一看,他已活过来了。此后,他仍入武当山,并在四川、湖北一带出没。

张三丰在武当隐居,继承五代时曾在此隐居的陈抟的丹法,精于蛰龙功。创立道门内家拳,现在的太极拳、形意拳、八卦掌等,都是内家拳的流变。内家拳以内气为本,技击中倡导以弱克刚,独具一格,在天下广为流传。至今武当道士仍奉三丰祖师之教修习拳剑。

且说张三丰在元明之际,便被人视为神仙,所以明太祖渴望见他。永乐皇帝朱棣继位,渴慕之心更超过他父亲,曾命人入武当山寻访,找了几年,也没能见到张三丰。张三丰认为,做皇帝的应当专心治理国家,不应因修炼道术而耽误正事。古来因方士酿成大祸,都是从仙术进奉入朝开始的,真的登入仙圣境界的,决不可以学习唐朝叶法善、宋朝林灵素等人。

从朱元璋到朱棣父子,寻了几十年,终究没有见着张三丰。朱棣大建武当山宫观,花费以百万计,但是,隐仙始终不出现,人们到底还是摸不清张三丰的去向。

　　道长说，在太子洞下面一百米有一个平台，传说当年张三丰祖师就在此处练武，我不由生起一探究竟的好奇心。一代宗师张三丰融会儒释道三家的学问，在遵循道家内丹修炼的基本原理之上，承先启后创兴起一个大的武术流派——武当派，并将太极作为该派的核心内容。武当三丰太极道结合武学和太极哲学，有动有静，成为一种体证道法的绝妙形式。万物循环、太极长转，它强调人在自然天地间用心感受周围的事物，在这生生不息，天人与共的环境中，我们能做的就是细细体味大自然的神妙造化，体悟道家修真炼性、与道合真的境界。

　　道长跟我简要讲了道教的修行次第。道长说，跟佛教不同，道教很注重肉身的修炼，因为肉身是修道的载体。道门中人，刚入道时，有一个百日筑基的阶段，这是以后学习高深道法的基础。百日筑基，是内丹三关功法之前的基础性练习。一般而言，这种基础性练习往往要花一百天的时间，就好比建筑高楼首先要打好地基，一般要经过一百天的时间，所以称"百日立基"，又称为"百日筑基"，其实不是每人都需要"百日"，有人可能长一些，有人可能短一些。人初生时，本是阴阳合一，五蕴皆空，自闲自在，虽有眼耳鼻舌之具，而无色声香味之知。随着年龄增长，则有了种种欲望，眼贪五色，耳贪五声，鼻贪五香，舌贪五味。内丹修炼者，就是要恬淡虚无，回光返照，使元神再现。只有打基础一百天之后，精气自然充足，真阳自然形成。修道者需要耳目归于清净，杂念消于未萌，只有收视返听，清心寡欲，才能达到精足、气满、神旺的"三全"境界。基础打牢以后，就可以进入内丹的修炼。金丹凝结之后，任督二脉及大小周天就会打通，则心地澄明，自然会达到心空尘漏的境界，于是就能从尘世苦海中解脱出来。

另外，道教同时也注重心性的修炼，道士们需要培养大慈悲心，道教宫观中供奉的神仙有些跟佛教是相通的，比如道教宫观大多供奉慈航道人，慈航道人就是佛教中的观世音菩萨，是大慈大悲救苦救难的化身。道教中的伏魔大帝真君，就是佛教中的伽蓝菩萨，都是关公的化身。道教以"仙道贵生，无量度人"作为修行准则，所谓的修行不仅仅是隐居山林、不问俗事，同时还要在人世间济世度人。《太上感应篇》有云："欲求天仙者，当立一千三百善；欲求地仙者，当立三百善。"在人间积德行善，一样是可以飞升成仙的。人生处处都是修行，生活是修行，工作是修行，社会也是修行，努力做好每一件事，注意自己的一言一行，这就是简单的修行。

道长给我讲了钟离权教吕洞宾点石成金的故事，挺有趣，现与诸君分享。

有一天，钟离权教吕洞宾点石成金之术，钟离权用手指着大石头，说了一声"变"，那顽石立即变成了金光灿灿的一大块黄金。吕纯阳看得出神，连声赞叹道："师父竟有如此仙术，妙哉，妙哉！"钟离权说："我将此点石成金之法传授与你如何？"吕纯阳沉吟了一会儿问道："化石为金，可保永无变更否？"钟离权回答说："所点之金，与真金不同，真金始终如一；所点之金，五百年后，仍变为石也。"吕纯阳听他这一说，便拒绝学习这一法术，他说："若是如此，则弟子不愿学。"钟离权不解地问："为何不学？"吕纯阳说道："如此法术，兴利于五百年前，贻害于五百年后，岂不误了五百年后之人？故不愿学也。"钟离权听至此，不禁叹道："子之道念，我不及也，尔之正果当在我之上！"从此，师徒相互切磋道义，进入更高境界。

我问道长：道教也有轮回之说吗？道教中的神仙能脱离轮回吗？

道长回答：道教有五道轮回之说，跟佛教的六道轮回相似。道教神仙并不是帝释天的天人，他们是不落轮回的，道教的仙道并非佛教的天人道。很多佛教徒认为，道家神仙是佛教所说的外道，道家的果位最高也只是仙，不能脱离生死轮回，说这话的人可能不理解神仙的概念，将神仙与古印度的外道修行人或婆罗门教观念里的诸天混淆起来。道教中的神仙，比如太上老君、元始天尊、道德天尊、真武大帝等，要么是大道化身，要么是得道真人，早已达到庄子所说逍遥游的境地，不受外在的限制，不会受业力束缚了。虽然有些僧人说"神仙终落空亡"，此语释迦牟尼佛不曾说过，显然是一句妄言。若神仙为业力所拘而不得超脱三界，仙道亦不足贵也！

道长说，佛教传入中土，融入了大量的中原文化元素，其中也包括道家的文化元素。因此，在中国，儒释道相互融合、共同发展，已是不争的事实。佛道本无高下之分，你念"阿弥陀佛"可通西方极乐世界,我念"太乙救苦天尊"同样能达东方长乐世界。所谓"条条大路通罗马",佛道之间应互相尊重,互有来往。只是少数人或出于门户之见,或出于一己私利争来争去。中国自古以来佛道发展各领风骚,既有弘道的《封神榜》,也有赞佛的《西游记》,毕竟博大精深的中华文化总归是多元的、丰富的。宇宙大道,生生不灭,佛道同样是在探索和穷尽宇宙真理。随着中华复兴之路的延伸,道教及其文化的复苏和兴盛乃是大势所趋,而佛道相融、互相尊重、共同为和谐世界和人类大同而努力,更是人心所向。

　　道长带我参观了武当山上的道医馆,一进去就是浓浓的中药香味,有几位道士坐诊,还看到了很多膏药,都是道士们自己手工熬制的,听说对跌打损伤、关节骨病等有奇效。

　　道长劝我在武当山上多住一些日子,让我学学太极拳、八段锦,强身健体。我笑着对道长说:肉身就是一个皮囊,四大假合之相,不用太在乎,就像一件衣服,终究会坏掉的,到时候该扔就扔吧。道长摇摇头说:我们山上修行好的道长,基本都是夜不倒单的,即使天很冷,也只是穿一件单衣即可。你看看你自己,多瘦弱,没有强壮的肉身是没法承担太多工作和压力的,很容易劳累和疲倦。道教里有"道不言寿"的说法,意思是如果你跟道士聊天,不要去问人家的年龄。如果他告诉你,他有二百岁了,估计你也不会相信的。一个人通过修行道法,如果能多活几十甚至几百年,就不用频繁投胎转世了,岂不是少了很多麻烦?我无法反驳他的观点,只好沉默不语。

道长劝我多读《道德经》，说此经蕴含着宇宙人生的大道理。他对我说了一句意味深长的话，我铭记至今。"上善若水，水善利万物而不争。水恒处于低位，故无倾覆之患。"我望着这位道长，感觉自己又遇到了神仙。

武当山环境清幽，远离尘世喧嚣，在这种环境下修行，可以更好地体悟道法自然与天人合一的境界，能更好地证道。有机会的话，去武当山问道吧！

平常心是道——福建圣迹寺参访

圣迹寺,位于福建南平市建阳区莒口镇佛迹岭,始建于唐咸通年间(860—873),是一座拥有1100多年历史的古寺。寺院四周群山环绕、幽雅清静,是唐朝高僧马祖道一出师卓锡之所,也是福建省禅宗发源之地。

我去圣迹寺参访时,寺院刚刚举办完"平常心是道"禅之声论坛。我来到寺院大殿后面,看到一个山洞,山洞中有一个石头凳子,旁边有块木牌写着"马祖道一坐禅处",相传是马祖道一禅师曾经打坐的地方。

马祖道一为唐代著名禅师,相传他相貌奇异,"牛行虎视,引舌过鼻",伸出舌头就能碰到自己的鼻尖。马祖道一在怀让禅师座下学习禅道并获怀让禅师密受心印。怀让禅师圆寂后,马祖道一承其衣钵,于开元年末苦行至建阳莒口佛迹岭,看到佛迹岭风光秀丽、红尘不染、适宜修行,便决定在此结庐修炼,开启自己弘法授徒生涯。圣迹寺是马祖道一生活过的地方,是他最早授徒传法的所在,无论在马祖道一的一生中还是在中国禅宗史上都占有重要地位。

作为洪州禅的开创者,马祖道一禅师提出了"平常心是道"这一理念,不仅大胆革新了禅宗思想,同时也进一步拉近了大众与佛教之间的距离。直到今天,我们遇到不顺与困难时,也总喜欢用"保持平常心"来安慰自己。

日本佛学大师铃木大拙曾说:"马祖为唐代最伟大的

禅师。"

我问寺庙里的僧人:"平常心"对于道一禅师而言,究竟又意味着什么呢?僧人跟我讲了很多,我整理如下。

马祖道一禅师跟着怀让禅师座下修行时,终日打坐,没事儿就琢磨如何开悟。怀让师父看他如此用功,便在不远处拿着一块板砖不停打磨。年轻的道一问怀让这是何意,怀让说他要把这砖块磨成镜子。道一疑惑:"磨砖怎么能成镜?"怀让一笑:"磨砖不能成镜,而打坐又如何成佛?"道一愣了一秒,随即仿佛听到,内心深处好像有什么东西碎裂开来。也许那是心中枷锁破碎的声音,一扇新世界的大门,就此打开。

属于马祖道一的禅,深深地烙印着"自由"这两个字。平时生活的各个角落,他都可以行禅。日常起居的每个细节,他都可以悟道。在那些流传下来的禅宗公案里,马祖道一是任性而有趣的和尚。他和僧人们闲聊、反诘、呵斥、唏嘘,那些不合逻辑的话语,突如其来的呵斥,让人心头一震。他对弟子们瞪眼、捏鼻、棒打、掴掌,那些不明缘由的举止,截断思维的动作,让人灵台清明。他没有说什么高深难懂的佛教术语,也没有做什么惊世骇俗的神奇事迹。他只是用不拘一格、富有朝气的形式践行着禅宗"不立文字"的思想理念,也用灵活多变、粗犷不羁的方式阐释着"见性成佛"的内心共鸣。

所以,当许多年后,他再次面对"悟道"的问题时,早已有了属于自己的答案。他说"即心是佛",这是对六祖慧能"明心见性"思想的继承发展。他说"非心非佛",这是帮僧人们打破对"心"与"佛"的痴迷执着。他说"平常心是道",衣食住行是道,应机接物是道,饿便吃饭,困便睡觉,道本就属于世间的点点滴滴,真理从来不应该远离人的生活。它饱含佛门禅宗的智慧思辨,又满是老庄清静的自然无为。

僧人说,在家人应该学习他自由而创新的禅宗思想。现在有很多人去找善事、做功德,到哪里去找呢?离开家庭、离开生活去找善事。有些人工作不想干,但是听说哪里放生却很积极;如果哪里有救灾需要义工,他也愿意去。这样看起来很积极,功德很大,但是他自身的本职工作没做好甚至没去做,这样就是本末倒置,是曲解了佛法的。其实很多善事就在我们生活当中,孝养父母是本分,是应该做的事;还有教育子女,乃至工作的事,都是善事,都应该好好去做。很多学佛的人都是这样。本分事、该做的事都没有做好,怎么可能没有烦恼呢?当烦恼来了,人家找上门来了,又开始抱怨人家业障现前。那不叫业障现前,是我们自己没有处理好。如果把本分事做好,没有人来找麻烦,就可以安心念佛。学佛法,做善事,做功德,做对众生有利的事,不是非要离开家庭、离开工作到外面去找。我们先要从自己的生活当中去做事,把每一件事做好,每一天过好,这样学佛也就顺畅多了。

如果家庭、工作的事都已经做得很好了,还有更多的时间、精力、资金,那就可以做更大的善事。世间有一句话,叫"家家有本难念的经"。很多人天天都在念经,但是家里这部"经"不会念,家里这部经比佛经还难念。念佛经的人,坐在那里一两个小时就念完了；但是家里这部经，念了一辈子都没有念好。我们要把家里这部经念好，如果家里面老是吵闹打斗，还能安心做事、念佛吗？家里这部"经"要好好地学。佛经是来引导我们生活的，佛经念会了要运用到生活当中来。佛法经常讲要忍辱，要行善，要积德。结果家里面该忍辱、该行善、该积德的时候，不愿意忍辱、积德、关心家人，把家人当作仇人一样来面对，这就是没有把佛法学活，没有把佛经念活。佛法的理论不仅仅只是在经典上，经典是给我们一个指导原则，念完经之后，要善于运用。经典的理论很多、很深，凡夫不可能都做得到，那怎么办呢？印光大师告诉我们："敦伦尽分。"会做的地方先做，把它做好；不会做的，通过念经、学习来提高自己的认识，认识高了，做事就会变得更好一点。学佛的人，不舍弃世间法。并不是要舍弃世间法来追求佛法，而是要在世间法当中来追求解脱。

世间事只是外在上去做，心里面不牵挂它，不执着它，随心所欲、随缘随分、力所能及地把世间事做好，内心则来安心念佛求生西方，这样就两不妨碍。如果学佛的人都逃离这个世间，那世间人看学佛的人都是自私自利的，个个都跑掉了，都跑到庙里去，只顾庙不顾家了，好像庙就是家。当然庙也是我们的家，但是你还有一个世俗的家，家里还有很多人在指望你，你不能舍掉他们。外在不舍，内心放下，这就是佛法高明的地方。该做的事，力所能及去做，实在做不到，那是我们的能力及因缘的问题。能力小一点，就少做一点，做得不好也没关系，只要尽到心力就可以了。

　　僧人说，修佛之人做事要有智慧，很多人喜欢热闹，缺乏智慧，比如近年来，有些居士和团体自发组织的放生活动不断增多，有些活动的效果适得其反。有的居士放生外来物种如巴西龟、牛蛙、清道夫鱼等，可能打破本地原有的生态平衡。以清道夫鱼为例，它们的习性是吸食藻类、底栖动物等，如果在野外大量繁殖，可能会吞噬其他鱼卵，甚至导致所在水系本地原生鱼类灭绝殆尽。又如，放生杂交种如锦鲤、异育银鲫等，可能造成自然水域鱼类基因混杂、本地种退化；放生凶猛鱼类如黑鱼、雀鳝等，可能破坏原有的生物链，影响其他鱼类的生存。此外，选择的水域不适合放生鱼类的生存、放生时间不合适、苗种质量不符合要求、放生方式不科学等，都会造成放生鱼类的死亡，死鱼会对水质造成影响，并会影响城市景观。

　　"放生"之念应该是由慈悲引发为最正，由"功利"引发，不是"放生"之念了。一只老鹰抓捕一只鸽子，鸽子逃到佛祖怀中。佛祖希望老鹰放过鸽子。老鹰说你救了鸽子，我就得饿死。于是佛祖割肉喂鹰。这是由慈悲心引发的"放生"。现在有些"放生"走样了，看到外来生物，动了善念，将其放入河道，结果外来生物残害河中土著生物，这不能算是放生，这是由善念引发的一种杀生。还有纯粹为了满足自己的"放生"欲而去放生，比如在菜市场买一些家养的生物放生到野外，这些生物被人类圈养习惯，早就失去野外生存能力，到了野外还是不得不面临死亡，对这些生物来说在野外就是一种慢慢等待死亡的过程。看似放生，实则比杀生还要残忍。还有一些人每天大鱼大肉，突然有一天听到别人说"放生"得善果，就去做了，回来依旧大鱼大肉，奢侈浪费，毫无改变。这是纯粹为了好处去放生，其实对修行是一种阻碍。

约束自己，粗茶淡饭，尽量素食，不浪费就是一种放生。每一口饭的背后是无数看得见的谷粒生命和附在上面的看不见的生命组成，每一个举动的背后都有生命的存亡。我们之所以能活着，那是因为有无数生命成全了我们，而不是我们有多强大或富足。他们成全我们，自然我们也可以成全其他生命。若抱有此念，慈悲心一生，看世界自然祥和，怎么会去过度索取？更不会放纵自己的欲望，因为随意的消耗和浪费从某种程度上说就是杀生。

我想起了一个著名的禅宗公案。唐朝开元年间，宰相李林甫问大觉禅师："肉当食耶？不当食耶？"禅师说："食是相公的禄，不食是相公的福。"李林甫又问："这些即将被杀的鱼蟹，是不是该买下来，放归大海？"禅师答："救是您的慈悲，不救是它们的解脱。"

简简单单的"平常心"三个字，可以让很多不得意的心，得到安慰。又能让很多不顺意的事，达成和解。似乎当一个人身处江湖之远，能保持这种生活与内心的状态，也是个相当不错的选择。由此，人们在现实世俗的失落之外，重新找到了抚慰心灵的依托，再次发现了内心应该向往的方向。

马祖道一的"心"，得到了从古至今无数人的认可，突破了时间与空间的限制,直到如今我们依然会在一些触碰心灵的瞬间,产生感同身受的共鸣;也许这样,就已经很好了。毕竟,平常心,即是道。

花香诗意满苍山

　　提起云南大理的著名景点，很多人会想到崇圣寺。崇圣寺，东对洱海，西靠苍山，位于云南省大理古城北约一公里处，历史上有九位大理皇帝在崇圣寺出家，在金庸武侠小说《天龙八部》中称为"天龙寺"。崇圣寺在清咸丰年间烧毁，只有三塔完好地保留下来，后来经过恢复重建成为国家5A级景区。

　　崇圣寺虽好，但却因为热闹而冲淡了很多禅意。如果想去看看大理那些小众又清净的寺庙，那只有去苍山深处寻访了。几年前的一个清晨，我沿着苍山的步道来到了寂照庵，这是我迄今见过的最文艺的庵堂，位于大理苍山圣应峰南麓，被葱茏茂密的青松古柏掩映，香烟缭绕在森林当中，周围松柏万株，环境寂静，为佛家净地。寂照庵有着寺院的宁静，却无寺院的肃穆。与其说它是座尼姑庵，不如说它是个鸟语花香的庭院。庵堂室内的搭配看似随意却处处细致，后院中还搭建了两个花圃，各种漂亮的花卉和多肉植物充满生机，是一个养多肉养成网红的尼姑庵。寂照庵内设茶室，香客还可以自己带茶到茶室饮茶。寂照庵的斋饭很好吃，食材简单，但是做得精致爽口，能感觉到师父和义工们很用心。

　　在寂照庵，我遇见了一位七十多岁的师太，她看起来慈眉善目，竟然也很喜欢诗歌和花道，与我相谈甚欢。我俩聊起了诗歌和花道，感悟颇多，现与诸君分享。

　　我俩聊到了一首五言绝句，诗名叫《五岁咏花》，全文是：

"花开满树红，花落万枝空。唯余一朵在，明日定随风。"作者是唐代著名诗僧陈知玄。知玄出身书香世家，从小就是当地有名的才子，其不少作品都收录在《全唐诗》中，其中最有名的便是他五岁时的作品《五岁咏花》。当时小知玄和爷爷一起散步，爷爷有意考考他的学问，便要求他即兴写首诗，知玄便随手写下了一首小诗，据记载当时知玄没走几步便写出了这首诗。初读这首诗会觉得其实写得很普通，但细细品味会发现其实藏着深刻的人生哲理以及佛法真谛。

诗前两句仅用十个字，就写出了花开和花落时的情形。一般的咏花诗，要么写春花灿烂，要么是惜春伤怀，但小知玄却由盛开的鲜花写到花落时万枝空的场景，可见他对事物的理解确实是很深刻的。"满树红"和"万枝空"的强烈对比，颇具感染力，令人眼前一亮。

诗的后两句，为了进一步说明花开花落的自然法则，小诗人便拿树枝上还剩的一朵花做文章。别看这朵花今日还在，但是明日它也将会随风而逝。说此话时，小诗人似乎没有惜春的伤感，在他看来这一切都是再自然不过的事。大人们会惜花是因为将它赋予了岁月、青春等意象，但在五岁的孩子眼里却没有这些象征意义，这就是这首诗会如此与众不同的原因。通读全诗，看似只是讲花开花落，其实充满了禅意。诗人没用一个高级的字眼，通篇都围绕着花来写，却写出了很多大人都悟不透、参不破的道理。诗中的一个"空"字，其实体现的并不是消极的意味，反而是一种豁达的人生态度，知玄小小年纪就能有这般领悟，后来成为一代高僧也是情理之中。

"今生貌美为何因，前世佛前供花人"，师太说，佛教历来与花有着甚深的渊源，许多佛菩萨的法器或者坐台就是莲花，莲花被誉为佛门"圣花"。莲花又叫"莲华"，佛教经典《妙法莲华经》就是此义。比如我们熟悉的观世音菩萨，就常常是端坐莲花台，手持净瓶甘露。佛教里也有许多与花有关的典故，比如比较经典的佛门公案"拈花微笑"的故事。昔日佛陀在灵山会上拈花示众，大众皆不知其意，唯有大迦叶尊者破颜一笑。佛陀就嘱咐迦叶尊者：吾有正法眼藏，涅槃妙心，实相无相，微妙法门，不立文字，教外别传。后人以此作为禅宗传法的开端。

不仅如此，佛陀出生、成道、涅槃，都有天女散花赞叹供养。经典里提到：六欲诸天来供养，天花乱坠遍虚空。"花"清香美好，代表佛的无量慈悲。后世弟子为了纪念佛陀圣诞，每年农历四月初一，寺院都会举行浴佛节法会，以净水、鲜花制成香汤为佛像沐浴。佛前供花，功德殊胜难量。"花"在佛教里代表善因，"果"代表善果，花开结果，教导世人要敬畏因果、不作恶业。今生喜欢供花的人，来世多生貌美相，供花的人，心灵美，自然多有贵相。佛教里"莲花"最受欢迎，古人素以莲花"出淤泥而不染"来比喻人内心的清净与圣洁。

佛教里有一则美谈，据说玉琳国师前世为了救自己的同胞兄弟而被大火烧伤致毁容，但后来以花供药师佛，后世得庄严妙相。佛前供花，主要有以下功德：处世如花、身无污秽、福香戒香、鼻根不坏、超胜世间、身常洁净、命终生天、速证涅槃、具大福报等等。供花的人，身心清净，不染污垢，得生天道，不住轮回。

佛前供花，没有什么特别的要求，只要花是清香的、一般的，如百合、康乃馨、兰花、玫瑰、向日葵等皆可供奉，做到一心清净、心无挂碍即可。要明白，不是佛菩萨需要我们的供养，而是我们需要借助这种机缘和方便法，净化内心，度己之心。

关于花道技法，她的观点与我相同。中国典籍中插花的技法非常少。但从另一方面来说，正因为没有技法，文化的传承反而更久远。文化关注的是一个更大、更高层面的东西，而不是仅仅停留在技法层面。花道是每个人内心深处对植物、花器和环境的理解呈现出来的艺术。插花首先是美化我们的环境，我们不是在炫技，不是表演给别人看。中国的古琴、昆曲、书画、诗词，首先是你自己的感动，有没有人欣赏，能不能展览或出版无所谓，它首先是因为你自己有感而发，这就是中国文化的特质，是你自己内心感情的抒发。花，绝思虑，无言语，只是自然开放，对身外之物毫无兴趣。人应法花，花近于道。

"君未看花时，花与君同寂。君来看花日，花色一时明"。这句名言出自《传习录》，体现了王阳明的心学观点，即"理"全在人"心"。白话文的意思是说，你未看此花时，此花与汝同归于寂；你来看此花时，此花颜色一时明白过来，便知此花不在你的心外。一次王阳明与朋友同游南镇，友人指着岩中花树问道："天下无心外之物，如此花树在深山中自开自落，于我心亦何相关?"王阳明便用这句话回答了他,这句话也成为代表心学的一句名言。我想起《中论要解》中的一句话:法从缘生,则无自性。若无自性,则是本来不生。本来不生即是毕竟空义。那么我眼前看到的花,究竟是空是有?

仙音雅韵遍黄山

几年前，经朋友介绍，有幸结识了在黄山下隐居的一位顶级古琴大师——梅庵派的传人韩一甯老师。梅庵派也称诸城派，是古琴发源地山东诸城的代表性古琴流派，形成于19世纪中叶，经过几代人的探索和发展，逐渐形成了特定曲目传谱，是艺术特点鲜明的古琴流派。

古琴是世界最古老的弹拨乐器之一，主要由弦与木质共鸣器发音。古琴以其历史久远、文献浩瀚、内涵丰富和影响深远为世人所珍视。其深邃、空灵的音色展现了古朴典雅、清渺幽远的精神境界，数千年来成为文人抒发情感、寄托理想的重要乐器。古琴起源可以追溯到中华民族初创的年代，传说中有"伏羲作琴""神农作琴""舜作五弦之琴以歌南风"等。

古琴圣洁高雅、坦荡超逸的气质超越了音乐本身的含义，是中国古代精神文化在音乐方面最突出的代表。自古以来，古琴便以其高妙典雅的文化格调深得文人雅士之欣赏。修养身心、体悟生命，古琴一直是古人提升自我的载道之器，其所蕴含的博大精深的东方哲学和美学思想，使这一音色最为朴素的乐器成为中华泱泱五千年文化史上最负盛名的艺术符号之一。

近代以来，伴随着中华文明的传播，古琴被视为东方文化的象征。2003年11月7日，中国古琴艺术正式列入世界第二批"人类口头和非物质遗产代表作"，成为全人类共同的文化财富。

韩老师的琴音古朴纯净，铿锵悦耳，颇具金石之韵。老师不仅擅长抚琴，还擅长斫琴，在黄山下有自己的斫琴工坊，工坊的窗外有很多株老茶树，周围是有千年历史的古村落，安徽的古镇大多是些徽派老房子，白墙灰瓦极具禅意，是别具一格的清雅之美。

所以我常常被吸引而来，与韩老师一起品茶，听琴，听他讲解斫琴的经验和体会。

韩老师多才多艺，人生履历更是充满了传奇色彩。老师从小就喜欢音乐，学习钢琴、古琴以及书画、篆刻……。后跟随多位古琴大师学习古琴并臻于极境。老师在美国生活多年，毕业于美国著名大学，后又赴清华大学研究中国哲学。除了琴道以外，还精通书法和金石，对诗文、绘画等中国传统文化艺术亦有独到的研究。而且韩老师看起来非常年轻，一袭白色长衫，让人一见忘俗。

每次与老师聊起古琴，就会交谈长达数小时。

老师说"古琴的材料都是来自天地自然——树木、大漆、鹿角霜、麻布、丝弦，这些在斫琴师眼里都是有生命的。一张古琴，集木材、雕刻、髹饰、音律、史学、美学、书法、篆刻为一体。非是木工、漆工之匠事。"有的东西可以量产，有的不行，譬如古琴。要坚持一些东西，必须先要放弃一些诱惑。做琴需要漫长的等待，做琴也是孤独的。

在春末上漆，上将近四十遍。到了秋天，天干气爽，温度、湿度正适宜，再将琴胎置室内阴凉处自然晾干。如此炮制而成的漆面可历千年不腐，正因如此，自古才有唯大漆与古琴良配的说法。鹿角霜是非用不可的材料，用鹿角霜做胎需要耗时一年之久，总共要上十遍，每道胎均需仔细打磨，一张琴用鹿角霜就要2~3斤之多。鹿角霜体轻、质酥、微粒中空，有极高的透音、蓄音性，与大漆调成灰胎韧性、弹性上佳。能使琴音幽微灵透、古韵绵长，琴弦一拨，内部的鹿角灰会相互碰撞形成无数个小共鸣体，音色松、透、圆、润。此法自唐代斫琴师一直沿用至今。弹时间久了，待火气尽褪，古琴的音色还会越发苍松古朴，所以好的古琴，一定要"古"。

韩老师做琴选用的桐木都是陈放百年的老木，一斧一斧斫下，看木屑纷飞，闻芳香满室，在他眼里，这是最大的享受。制作古琴因款式、木质的不同，所以在琴胎的厚度把握上并无一定之规。音色的美恶往往差在毫厘之间，空灵和空洞的距离可能只是一毫米，把握这些全凭斫琴者手上的微妙感觉。"古琴有两个部分，一部分是看得见的，有形的。一部分是看不见的，无形的。无形的部分决定了一张琴的好高下。"做琴时需要内心极清静，他说只有在无所求的时候，才能做出好琴。如此一来，他做起琴来几乎是不计成本，音色有一点不对，就会反复修缮，直到满意为止。制作一张古琴，备料就需两年，制作会花上更多时间，如此苛求下，几乎一年也制不成一张。

接着我们又聊到了书画。

字画同源，看题款和印章就知道画家水平了。在当代中国画中，题跋好的作品犹如凤毛麟角，书法不佳、烂题乱题的不在少数，只落穷款、了无余味的更是比比皆是。然而，近些年，中国画的"大师""名家"辈出，"创新"之作迭出，不容忽视的是，他们的作品中题跋却越来越少，越来越寡淡无味。当代画家为什么怯于题跋？题跋在中国画中究竟还占有多大分量？题跋越来越少说明了怎样的问题？"中国画历史上，最早的画没有题跋，北宋画家范宽的画就连名字也不写，后人是从其他文献资料中确定为他的作品。"考察中国美术史，北宋以前的作品多是穷款，名字藏于树石不易看到之处，完整的题跋始于北宋的文人画家，如苏轼、文同、米芾。此后，画家在作品上不仅题款，且加诗跋，"题"在前，"跋"在后。而当时皇家画院中御用画家的作品多是穷款。古代画家把诗文题在画面上，使诗、书、画三者之美巧妙结合，相互生发，画面更富形式美感，逐渐形成了中国画的艺术特色。

"高情逸思，画之不足，题以发之。"清代方薰在《山静居画论》中强调题跋不仅可以补充画面的构图布局，写出画家的画外之意。题跋与绘画内容要相互补足、相得益彰才算完美。

中国画的题跋按字数长短，大致可分为三类：长款、穷款和藏款。

历代在画面上落长款的名家中不乏高手，他们不仅文采惊人，其书法更是了得。如明代徐渭画了一幅写意水墨葡萄图，画中题诗宣泄悲愤之情："半生落魄已成翁，独坐闲斋啸晚风。笔底明珠无出卖，闲抛闲置野藤中。"近现代的吴昌硕、齐白石、黄宾虹、张大千等也都善于撰题长款。过去的穷款和藏款常常是画家有意为之，对于一些作品而言，由于画面构图、章法布局已很完美，画家不容多写而删繁就简题写了穷款。另有一些画家，由于书法功底浅薄，就直接题了穷款或藏款。这种做法也称藏拙，说明画家有自知之明，一"穷"一"藏"之间，尚存君子之风。不同过去，当代有的画家书法很差而不自知，连打油诗也写不好却敢于题写长款；有的画家自称为"文人画家"，自己却腹内空空，乱题一气，不知所云，显得不伦不类。

"文人画，顾名思义就是文人画的画，题跋较为丰富。画画者首先是一个文人，在为官为文之余画几笔，如董其昌。画家画是以画画为生的人画的，它可能吸收了文人画的笔墨、表现手法或者意趣，但比不了文人画的题跋。画家画与文人画的标准是不一样的。"近半个世纪以来，国人继承的传统不是文人画，而是画家画。比如，在人民大会堂悬挂的《江山如此多娇》，画上就只有作者名和作品名。

目前中国画穷款多的原因有三点："一是很多画家肚子里墨水少，写不出诗词来，或者书法水平不行，有的甚至照抄唐诗宋词都出错，那还不如没有题款。二是当前有一种比较时髦的画法，就是画得满、画得黑，再题款就喘不过气来了。有些人强题，是对画面的一种破坏，还不如不题。三是新水墨，难用传统的要求来衡量它，因为它的画法、构图吸收了外来的东西，与我国传统的题款格格不入，反而不可题款。"当代画家普遍缺乏古典文化的修养，这是当下题跋少的主要原因。近百年来中国社会发生巨变,国粹少有继承,进入新时期,许多年轻人熟练掌握外语,却不认识繁体字,读不了古文,对于中国画的内在精神,对于文人画独特的发展脉络没有清晰的认识。想要画好中国画的年轻画家,应该自觉从古文、诗词、书法入手开始补课,加强文化修养,在题跋上也要下功夫。

在无款和穷款居多的当代中国画面貌中,中国画与书法的关系已经不像古代绘画那样紧密,中国画对于书法基础的依赖也不像古代那样成为一种必须,中国画不仅在基础上游离于书法之外,而且在审美上、品评上也脱离了书法的规范。当代中国画的主流样式中,题款的方式已经退居到次要的地位。书画在历史上同源、同法,现在已经分道扬镳。当代中国画的主流已经不讲究书法的基础、书法的功力、书法的水平,那么,我们来看当代画家的书法,已经很难有上一代画家那样的整体水平。这是现实的警示,也是现实的反思。

此时,室内茶香、花香、墨香缭绕。他说:"为您抚琴。"
那琴的声音像来自天外,异常的孤寒又异常的清绝,异常的寂静又异常的空灵。这是韩老师自己的世外桃源,琴对他而言已经进入"道"的境界。秋风乍起,落叶纷纷;古音悠扬,好似人间绝响。《秋风词》《关山月》《长门怨》《秋夜长》《风雷引》《挟仙游》……,尽显梅庵神韵。一曲终了,我被震撼到沉默——有时候掌声是多余的,他要的只是懂得,那琴声里好像有来自上古的仙风和雅意。那份清寂的欢喜,真是久久难忘矣。

心静到极处，方生慧根。做一件事，不求名利，不问结果，一日一日，直至如心，便是修行。韩老师在传统文化艺术领域的造诣令我惊叹，也让我明白了修行的真正含义。诗、书、琴、画，任何一个专业领域，皆是修行。离开了韩老师的斫琴工坊，月色更美，花香更浓，我知道我还会再来，与隐居的韩老师再次秉烛夜谈。

日本高野山探秘

十二年前在日本留学期间,有幸参访了日本很多寺庙。说起日本的寺庙,很多人会提到京都、奈良、镰仓等地,但很少有人知道高野山。高野山位于和歌山县的东北部,属于高野龙神国定公园。平安时代的弘仁7年(816年)弘法大师空海在此修行,并开创了高野山真言宗,建立了日本佛教圣地总本山金刚峰寺。高野山的寺院总数约有117座,2004年被联合国教科文组织登记为世界遗产,有1200年的历史。作为日本佛教密宗真言宗(也称东密)的本山,高野山成为世界各地求学东密佛法的圣地。

密教,又称真言宗。由"开元三大士"带来的纯正密教在唐代曾盛极一时,公元804年,沙门空海入唐,拜长安青龙寺惠果大师为师,完整学习了密法仪轨、经文等,回日后,于高野山等地建立真言宗根本道场并传承至今。而中国密教,自元代以后,便因"灭佛运动"等原因在中土断绝。也可以说,曾经的大唐密教,在日本保留了其最辉煌时期的样貌。

出于对日本真言宗的好奇以及对空海大师的崇敬,在归国前一个月,我与好友一起参访了高野山。高野山给我的第一印象是清寂。由一之桥通往奥之院,约两公里的参拜道上,散布着织田信长、武田信玄等诸名人与僧侣的墓石和慰灵碑。山中,幽幽古木参天,空气清冽,少有人烟,只有僧人嗒嗒的木屐声,与远处的诵经声回荡在山谷中,将人带到另一重境地,不似人间。这种感觉无法形容，只能说是极清寂、极幽静。我试图描绘高野山带给我的感觉，却找不到确切的形容词。而很多日本僧人认为，空海大师虽然肉身已经圆寂，但是法身却在高野山入定，等待弥勒佛降临人间。

空海法师于774年出生于日本赞岐国多度郡，十五岁入京都业儒学，后信奉佛教。公元804年随日遣唐使入中国求法，居住在留学生聚集的西明寺。自来中国后，空海法师遍访各地高僧，后在长安青龙寺拜阿阇梨惠果和尚为师，受密宗嫡传，接受了"遍照金刚"的密号，成为正统密教第八代传人。据说惠果大师与空海的相遇充满了初夏时节美好时分的画面感，"和尚乍见含笑喜欢告曰。我先知汝来。相待久矣。今日相见太好。"惠果甚至表示，"必须速办花香，可入灌顶坛"。于是在六月十三日，空海入学法灌顶坛受胎藏界灌顶，七月上旬受金刚界灌顶，八月十日受阿阇梨位传法灌顶。据说在这两界灌顶中往灌顶坛投花时，花总会落入曼荼罗的中台大日如来，惠果也发出了久违的赞叹声。为了帮助空海传教，惠果将印度传来的圣教、曼荼罗、佛画、法具等传于空海。在此期间，空海还努力钻研中国诗文、绘画等。三年后空海回国，成为日本国真言宗密教的创始人，弘扬佛法。其撰写了《文镜秘府》论著，并在文学、土木、医学、艺术等方面颇有建树，书法造诣也极深，被誉为"日本三笔"之一。公元852年于高野山圆寂，醍醐天皇追赐"弘法大师"谥号。

空海遣唐，是步鉴真和尚东渡之后，将中国盛唐文化带回去，促进了日本文化的发展，故在日本声望极高。日本和歌山县的高野山金刚峰寺和京都的东寺是日本真言宗两个根本道场。归国后的空海也正是在高野山创立了真言宗(又称"东密")。但究其根本，青龙寺才是密宗的祖庭，它不仅是中国密宗的祖庭，也因空海而成为日本真言宗的祖庭，这便是如今在青龙寺中所能见到空海纪念碑、惠果空海纪念堂，乃至于钟楼等建筑，竟是真言宗寻根而结下的果。

高野山的寺庙景观壮丽，有些寺庙可提供住宿，使游客可藉此体验僧侣的起居饮食。我当时预订的是莲花院的住宿，一晚上的住宿费大概在一万五千日元左右，住宿费包含了早饭和晚饭。莲花院是一座小规模寺院，离金刚峰寺很近。寺院的饮食皆为素食，做得非常精致且可口，日本的素食被称为"精进料理"，精进料理是日本素斋的代表，来源于佛教。日本大名鼎鼎的怀石料理就套入了四种料理，即宫廷菜系的有职料理、武士家族流传的本膳料理、茶道菜和精进料理，集尊贵、华丽、清淡和克制于一体，主要在乎观赏性。当然，精进料理毕竟不是怀石料理，怀石料理也绝不能代替精进料理，它们虽有包含关系，却是完全不同的类别。日本精进料理类似我国的素斋，以小麦面筋、面粉、大米、大豆制品、魔芋豆腐、琼脂、蘑菇等食物为主，调味料则不同于我国的油盐酱醋茶，而是大量使用各种酱油及紫菜、海带制品。牛奶、鸡蛋作为动物源食品是不会出现在斋饭里的。甜点、甜食和酒精饮料会使人上瘾，也被精进料理排除在外，不过茶例外。日本精进料理经历了几个世纪的演变,但不论如何变化,都以米饭和昆布味噌汤为基础,豆制品为主角,腌制蔬菜为辅料。秋葵、牛蒡、山药、黄瓜、咸菜、纳豆、松茸、茄子等也常被用于精进料理。

在莲花院用完晚饭,我就回房间准备休息了,房间很大,是日式的榻榻米房间,一位僧人在我用晚餐的时候已经为我铺好了被褥。他们特别细心,服务水平不亚于高星酒店的水准,但是让僧人照顾我的饮食起居,我还是觉得不好意思。

这里的僧人们不到五点就起来做早课了。他们念诵的真言我听不懂,但是那份虔诚值得我尊敬。我问一位僧人,何为佛法精要?他回答:要有感恩之心。雨天的时候,要感谢雨伞;晴天的时候,要感谢木屐。要感谢一草一木和生命中遇到的每个人。日语中有"一期一会"的说法,是日本茶道用语,但和佛教有深厚渊源。"一期"在佛教中指一生一世。一期一会,字面上的意思是指在一定的期限内对某事、物、人只有一次相遇的机会。一生中,与世间所有,每一次的相会,都是绝无仅有、独一无二的。人生的每个瞬间都是不能重复的,如若因漫不经心对待眼下,从而留下遗憾。茶会也为"一期一会"之缘。即便主客多次相会,而每次相会都是一生中独一无二的,也许再无相会之时。为此,作为主人应尽心招待客人而不可有半点马虎,而作为客人也要理会主人之心意,并应将主人的一片心意铭记于心中,因此主客皆应以诚相待。"一期一会"充分体现了佛教中的"无常"思想,人生及其每个瞬间都不能重复,"一期一会"提醒人们要珍惜每个瞬间的机缘。

离开了莲花院，我与好友来到金刚峰寺，日本僧人的习俗是跪坐的姿势为香客答疑解惑，看上去甚是庄严。我见到的日本僧人，持戒非常精严，一举一动极具威仪，令我肃然起敬。之前听国内有人批评日本僧人饮酒吃肉，不守戒律，我在高野山却没有见到这些现象。他们这种跪坐答疑的姿势，我坚持了十几分钟就感觉腿很痛，根本受不了，但是他们可以坚持一个多小时纹丝未动。我请求一位僧人为我念诵《心经》，当他用日语训读发音读诵《心经》时，庄严之声充满了殿堂，那是与当代汉地迥异的念诵方式，如唐风拂面，令我难以忘记。

行走在高野山的小路上，我看到一列僧人，大概有十几位吧，经过金刚峰寺的大门时，每个人都是九十度鞠躬，遥拜空海大师的雕像，这一幕令我极为震撼。在中国藏传佛教中有"视师如佛"的说法，意思是弟子要对传法上师无限信赖和尊敬，要将传法上师视为佛陀。在日本高野山，我亲眼看见了日本僧人们对1200年前的空海大师如此景仰和崇拜，"视师如佛"这句话不再是空谈。

有一天下午，在金刚峰寺的禅堂，有很多日本香客聚集，大家都齐刷刷地念诵"南无大师遍照金刚"，我和好友很好奇，跟在他们后面一起念诵，等着结束时，竟然有人给我们每个人都发了一个菩萨戒的戒牒，原来这是一个菩萨戒的受戒法会。遍照金刚是大日如来的密号，也是日本真言宗祖师空海大师在中国求法时的法号。菩萨戒戒牒上写着十善业：一、不杀生，二、不偷盗，三、不邪淫，四、不恶口，五、不两舌，六、不妄语，

七、不绮语，八、不贪，九、不嗔，十、不痴。十善业是大乘佛法修行的基础，所以我很珍惜这个戒牒，一直保存至今。

希望有一天，中国的僧人能去高野山学习，揭开唐密神秘的面纱，将唐密回传国内。帷幕背后的唐密，就像国王王冠上的宝石，珍贵且稀有。或许，复兴唐密这件事，有些过于宏大，但我相信，总会有人愿意且有能力去做这些事情。真心希望国内的高僧能够将更多日本优秀的佛教典籍，包括密教书籍翻译到国内，就像玄奘大师那样，将好的经典整理好，让想学的人、感兴趣的人可以看得到，接触得到。